……駄目だ。駄目だ駄目だ駄目だ！
あってはならない。
ライトレス侯爵家次期当主の俺が、
そんな無様な死に方など。
それだけは
阻止しなければならない。
「急げ、ローグベルトに向かうぞ」
リピート✦ヴァイス 1
悪役貴族は死にたくないので四天王になるのをやめました
黒川陽継
Illust 釧路くき

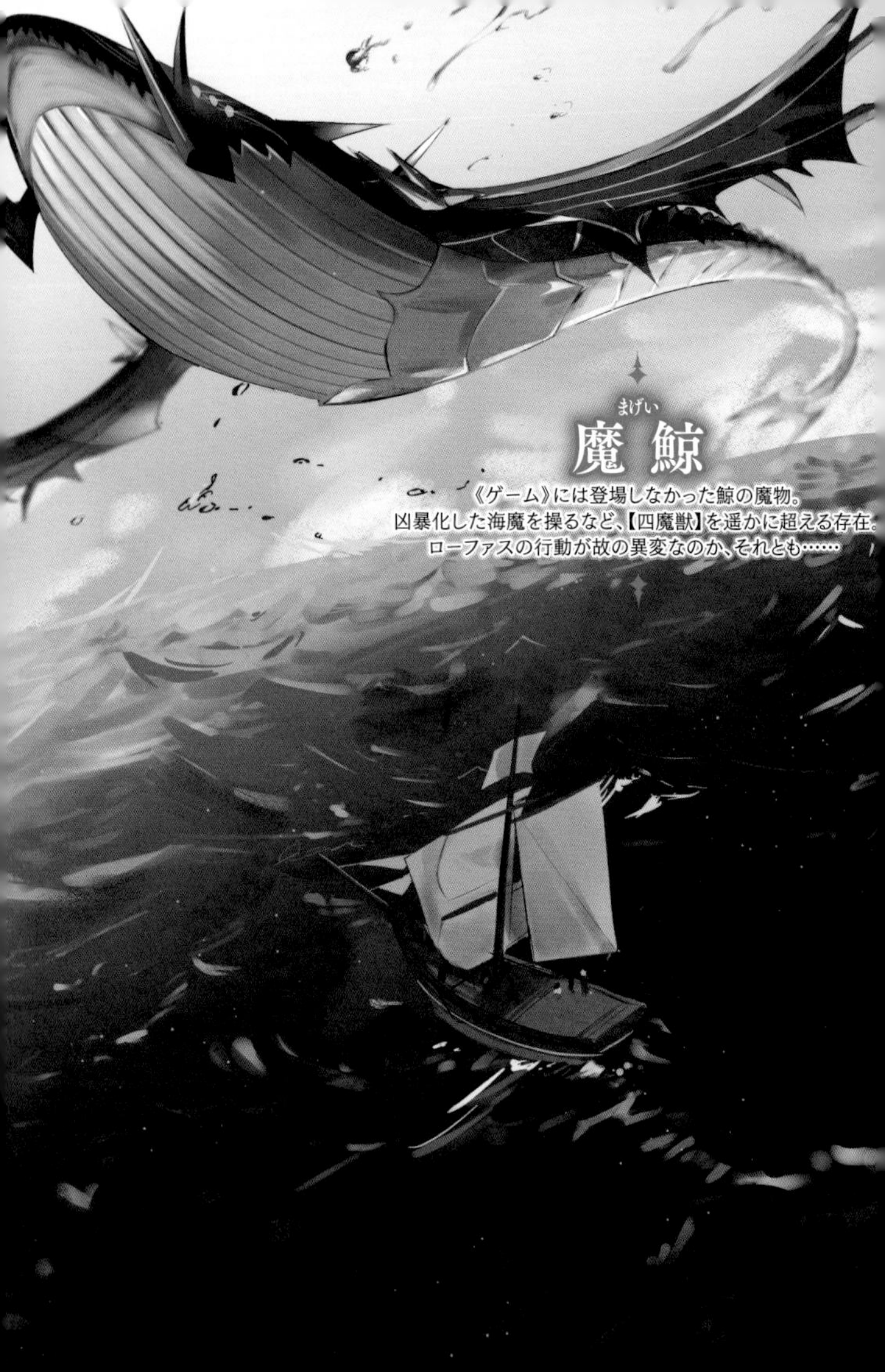
魔鯨《まげい》
《ゲーム》には登場しなかった鯨の魔物。
凶暴化した海魔を操るなど、【四魔獣】を遥かに超える存在。
ローファスの行動が故の異変なのか、それとも……

カルロス
ライトレス家の執事で
ローファスの側近。剣の達人。
ヘビースモーカーだが
ローファスに煙たがられる為、
業務中は禁煙している。
フォル
ローファスの魔物退治に同行する
ローグベルト出身の船乗り。
貴族が大嫌いで、
ローファスに食って掛かる。
ローファス
・レイ・ライトレス
原作ゲームのザコ悪役である
ライトレス侯爵家の嫡男。
自分が殺される破滅エンドを
回避するべく奮闘中。

ファラティアナは身につけている半乾きの服を全て脱ぎ、呟く。
「女の方が体温が高い、ね……。
なら、女で良かった」
さらしを解き、僅かに震えるローファスの冷えた身体に、
温もりを分ける様に身を寄せる。

リピート・ヴァイス 1

～悪役貴族は死にたくないので
四天王になるのをやめました～

黒川陽継

HJ文庫
1149

口絵・本文イラスト　釧路くき

1
REPEAT VICE
CONTENTS

P.5 ✦ 01 プロローグの三年前

P.31 ✦ 02 廃れた漁村

P.96 ✦ 03 魔の海域

P.164 ✦ 04 漂流と人の温もり

P.204 ✦ 05 宴

P.256 ✦ 06 outer

P.260 ✦ 07 原作記録……ローグベルト海上戦

P.269 ✦ あとがき

01 ◆ プロローグの三年前

とある田舎《いなか》の寂《さび》れた漁村。その近辺の森林を、一人の少女が走っていた。

息遣《いきづか》いは荒《あら》く、身につけた衣類は乱れている。しきりに後ろを気にしながら走る少女は、ぬかるんだ地面に足を取られ、その場に転倒《てんとう》する。

「……う、うぅ」

泥《どろ》に塗《まみ》れ、呻《うめ》く少女。それを追って、複数の足音が近づいて来た。現れたのは、身綺麗《みぎれい》な鎧《よろい》を身につけた男達《たち》。質の良い装備から、野盗《やとう》の類では無い事が窺《うかが》える。

「チッ、泥だらけじゃねーか。折角《せっかく》だし楽しもうと思ってたのによぉ」

「なんだ、お前ヤんねーの？　俺《おれ》は別に泥付いてても……」

男達は、笑いながら下卑《げび》た会話を交《か》わす。その隙《すき》に立ち上がろうとした少女を、後ろから現れたスキンヘッドの男が上から押《お》さえ付ける。

「いっ……」

苦痛に顔を歪《ゆが》める少女を、スキンヘッドの男は無慈悲《むじひ》にも手足を縄で縛《しば》り、口には轡《くつわ》をかませる。

「お前ら、話してねぇで捕《つか》まえろよ。逃《に》げようとしてんじゃねぇか」

スキンヘッドの男は、呆《あき》れた様に言う。

「お、悪い悪い。あれだよ、お貴族様がやってる狐狩《きつねが》りみたいな」

「そうそう、意外と悪くねぇよな。逃げられる筈《はず》もねぇのに、無様に逃げ惑《まど》う若い女ってのも」

男の一人が、ニヤつきながら縛られた少女に手を掛《か》ける。悲鳴を上げる少女。が、スキンヘッドの男がそれを止める。

「おい、ここでは止めとけ。船乗り共が帰って来たら面倒《めんどう》だ。前回それでしくじったのを忘れたのか？」

狼藉《ろうぜき》を働こうとした男を窘《たしな》めつつ、スキンヘッドの男は少女を抱《かか》え、付近に止めてある馬車へ向かった。

少女は足をばたつかせて抵抗《ていこう》するが、スキンヘッドの男はものともしない。

「……碌《ろく》に税も払《はら》えねぇテメェの親を恨《うら》みな」

少女を馬車の後部に乗せたスキンヘッドの男は、溜息《ためいき》を吐《つ》く。

「ったく。テメェらがちゃんと税を納めりゃ、俺達《おれたち》はこんな盗賊紛《とうぞくまが》いな事をしなくて良かったんだ……まあ、楽しんでる奴《やつ》もいるがな」

そう吐き捨て、スキンヘッドの男は馬を走らせる。

轡が僅《わず》かに外《はず》れ、少女は瞳《ひとみ》に涙《なみだ》を浮《う》かべながら、助けを求める様にこぼす。

「フォル……」

それは、親しい誰《だれ》かの名前か。しかしその呼び掛けが、当人に届く事は無かった。

＊

長い長い、果てしなく長い物語を見ていた。

物語は、とある平民の少年が魔法《まほう》学園に入学する事から始まる。

貴族社会に根ざす魔法学園で、平民という出自から周囲に嘲《あざけ》られ、侮《あなど》られながらも、着実に実力を付け、周囲を見返していくというサクセスストーリー。徐々《じょじょ》に信頼《しんらい》出来る仲間、沢山《たくさん》の魅力的《みりょくてき》なヒロインに囲まれ、多くの成功を収めていく主人公。

そんな時、突如《とつじょ》として古《いにしえ》に封印《ふういん》された【魔王《まおう》】が復活し、眷属《けんぞく》たる魔獣《まじゅう》を率いて人類を根絶やしにせんと侵攻《しんこう》を開始した。それに立ち向かう人類の軍隊や魔法兵団、そして魔法学園の生徒――主人公と愉快《ゆかい》な仲間達。

紆余曲折《うよきよくせつ》ありつつも、主人公勢力は魔物《まもの》の軍勢を撃退《げきたい》し、果ては魔物を率いる【魔王】を討伐《とうばつ》する。【魔王】を討伐した事により、人類に平和が訪《おとず》れ、めでたしめでたし。これが第一章の大まかな流れ。

これ以降も話は第二章、第三章と続き、最終章では全ての元凶《げんきよう》たる【闇《やみ》の神】が復活し、それに勝利する事で世界に平和が訪れた。

最終章含《ふく》め、全五章からなる長い長い物語は、平民の主人公が世界を救い、ヒロインの一人である王女と結婚《けつこん》して国王にまで成り上がって完結を迎《むか》えた。

笑いあり、涙ありの中々に見られるストーリーだった。

……庶民《しよみん》から見ればな。

＊

「………という、夢を見たんだ」

窓から差し込《こ》む朝日をどす黒いモーニングコーヒーに照らしながら、俺は執事《しつじ》のカルロスに話《はな》し掛ける。

椅子《いす》に座《すわ》る俺の斜《なな》め前《まえ》に控《ひか》える老執事カルロスは、懐中時計《かいちゅうどけい》を取り出してちらりと見ると、そっと肩《かた》を竦《すく》めて見せた。

「昨夜見た夢の説明に三十分とは……随分《ずいぶん》と印象深い夢を見られたのですね。それも、よもや平民からの成り上がりとは、なんとも大衆受けしそうな話ですな。本でも書かれてみては？」

「待てカルロス。ただの夢ならこんなに長々と話すものか。問題なのは、その物語の中に、この俺──侯爵《こうしゃく》家次期当主であるローファス・レイ・ライトレスが登場していた事だ」

「ほう……ローファス坊《ぼっ》ちゃんがその平民成り上がり物語に出演していたと？　因《ちな》みにどのような配役ですかな？」

「さも舞台劇《ぶたいげき》の様に言うな。しかしそれなんだが、この所謂《いわゆる》物語の、第一章における学園生活では、主人公が平民である事を嘲り、嫌《いや》がらせをする五人組の生徒の一人、しかもリーダー格に従う子分というなんともぱっとしないちょい役だった」

「ほほう、それはそれは……」

「だが話はここからだぞ。話は移り変わって物語第二章、なんと俺は【第二の魔王】に付き従う四天王の一角、【影狼《かげろう》】のローファスとして再登場し、主人公の前に立ちはだかって暗黒魔法でそれなりに猛威《もうい》を振《ふ》るった後、特に苦戦する事無く倒《たお》される。そして呆気《あっけ》なく死ぬ」

「ぶふっ」

「おい何を笑っている」

吹《ふ》き出したカルロスを睨《にら》みつけると、カルロスは軽く咳払《せきばら》いをして誤魔化《ごまか》した。

「……それで？」

「それでじゃない。侯爵家次期当主の俺が、何故《なぜ》第二章なんて序盤《じょばん》で死ぬんだ。しかも特にぱっとしない敵としてだぞ？　あり得ないだろうが」

「そう仰《おっしゃ》られましても……ああ、それで朝からご機嫌《きげん》が宜《よろ》しくなかったのですね」

「自分が死に、その上俺を殺したヤツが成功して国王にまで成る話を、夢とは言え延々と見させられたんだぞ。不機嫌《ふきげん》にもなる。あ、因みにカルロス、貴様も死ぬからな。第二章四天王戦で、俺と戦う前座で暗黒執事として登場し、主人公と愉快な仲間達に殺《や》られる」

「私の配役は中ボス《前座》ですかな。しかしこのような老体を容赦無《ようしゃな》くとは……随分と非情な」

「ふん、まあ所詮《しょせん》は夢だ」

そう、下らない悪夢。俺はそう切り上げ、その日を過ごした。

しかし、よりにもよって平民風情《ふぜい》が貴族を差し置いて国王に成る等……。最低の悪夢だ。

しかし、この夢はこれで終わらなかった。

その日の晩、昨晩と同様に未来の夢を見た。主人公視点で物語の様に展開された昨晩とは異なり、今回は俺自身の視点だった。四天王たる俺は、主人公勢力に取り囲まれ、なぶり殺しにされた。それも何度も、何度もだ。

俺は持ち前の暗黒魔法で応戦するが、奴らは俺の苦手とする火や光属性の武器で散々タコ殴《なぐ》りにしてきやがった。

俺の死は何度も繰《く》り返され、遂《つい》には夢か現実かの区別すら曖昧《あいまい》になっていた。

これは本当に夢なのか？　いつまで経《た》っても目が覚めない。ただひたすらに、自分が殺され続ける夢。

苦痛の中死を自覚した次の瞬間《しゅんかん》には、時が巻き戻《もど》った様に主人公勢力に取り囲まれる場面に視界が切り替《か》わり、改めて殺される。罵詈《ばり》雑言《ぞうごん》を浴びせられながら。

曰《いわ》く、人類の裏切り者。

曰く、重税に重税を重ね、民を苦しめた悪魔《あくま》。

曰く、目付きが悪い、根暗、ダサいローブ……等々。

一個目は兎《と》も角《かく》として、二個目と三個目は何か違くないか？

そもそも、俺が殺される第二章時点で、俺や主人公達は学園上級生。この時点で、領地の経営面に関して俺は一切関与《いっさいかんよ》していない筈だ。

それなのに、俺が重税を重ねて民を苦しめた悪魔？

そりゃ、ライトレス侯爵家の領地内の事なら無関係ではないかも知れないが。それでも、直接経営に関与《かんよ》していない奴を悪魔呼ばわりするか？

取《と》り敢《あ》えず四天王だし、ライトレスだからこいつが悪い、みたいな感じで悪と断じてやしないか？　あと、三つ目のそれはただの悪口ではないか？

これに関して、主人公勢力に正当性をあまり感じられないのだが、それは俺が殺されている側だからか？

因みにこの夢、何の神の悪戯《いたずら》か、殴られれば普通《ふつう》に痛みを感じる。火の魔法をぶつけられれば普通に熱いし火傷《やけど》じゃ済まない。あと、攻撃《こうげき》の技やパターンが毎回違《ちが》うのはなんなのだ。

俺はまるで動きが決められているかの様に一方向にしか動けないのに、主人公側は動きにかなり幅《はば》やレパートリーがある。卑怯《ひきょう》だろうがそんなもの。

多対一で不利なのは兎も角、せめて普通に戦わせろ。このターン制とかいうよく分からんルールはなんなのだ……。

それと主人公勢力の中でも誰よりも俺を罵《ののし》り、誹《そし》り、執拗《しつよう》に攻撃を仕掛《しか》けて来た女――水の精霊《せいれい》を従えた金髪《きんぱつ》の女船乗り。俺に何の恨みがあるのか知らないが、貴様の事は絶対に忘れないからな。

幾千幾万と己《おのれ》の死を経験し、自分という存在を失い掛けていた頃《ころ》……目を覚ますと、懐《なつ》かしのベッドの上だった。窓の外から聞こえて来るのは爽《さわ》やかな小鳥の囀《さえず》り。

「……う、うう」

俺は泣いた。貴族のプライドなんぞかなぐり捨てて号泣《ごうきゅう》した。もう十二歳《さい》になるというのに、幼子の如く泣きじゃくった。

やっと目が覚めた、もう殺されないで済む。

「ローファス坊ちゃん⁉　どうされたのですか⁉」

俺の泣きじゃくり様に、ただ事では無いと血相を変えて寝室《しんしつ》に入ってきたカルロス。

いつもなら勝手に入るなと叱《しか》りつけている所だが、今回だけは特別に許す事とする。カルロスの胸に飛び込んでわんわん泣く。

さっきまで一服でもしていたのか、ややヤニ臭《くさ》いが、今回に限っては些事《さじ》だ。

そんなこんなで泣き続けて一時間。漸《よう》く俺も冷静になってきた。俺はカルロスの背広でチュンと鼻をかみ、そっと離《はな》れた。

「ところでカルロス。なんだこのヤニの臭《にお》いは。勤務中だろう」

「ええ、つい先程《さきほど》から勤務に入らせて頂いております。ほんの五分程《ほど》前からですが」

カルロスは懐《ふところ》から取り出した懐中時計を見せてくる。時刻は朝五時過ぎを指していた。

まさかそんな早朝だったとは。

どうやら俺は、勤務前からカルロスの胸の中で泣きじゃくっていたらしい。

「ふん。主の異変には勤務前でも駆《か》け付けるとは、見上げた忠義だ」

「それよりも何事ですかな。威勢《いせい》の良さが取《と》り柄《え》のローファス坊ちゃんが、こんなにも我を忘れて取り乱す等……屋敷《やしき》の者達も驚《おどろ》いております」

カルロスはスッとその視線を扉《とびら》に移す。開いた扉の外には、こちらの様子を窺《うかが》うメイド達の姿。こいつら、ずっと見ていたのか？　俺が泣いている所を？

「何を見ている！　さっさと仕事に戻れ!!」

俺は怒声《どせい》を上げてメイド共を散らした。俺の泣き声は屋敷中に響《ひび》いていたのか？　父上や母上と別邸《べってい》で良かった。

「坊ちゃん……」

「ふん、洒落《しゃれ》にならん悪夢を見ただけだ」

強がりはしたものの、俺の視線はかなり泳いでいただろう。マジで洒落にならない夢だ

った。いや、ただの夢と断ずるにはあまりにも度が過ぎるものだった。

何時間、何十時間、何千時間と殺され続ける夢だ。それも理不尽《りふじん》な罵詈雑言を浴びせられながら。駄目《だめ》だ、思い出すな。また涙が……。

俺が涙を滲《にじ》ませているのを見かねたのか、カルロスは懐から一通の文を取り出した。

「気分を変えましょうローファス坊ちゃん。こちらを御覧《ごらん》下さい」

「なんだそれは」

「パーティの招待状でございます」

「パーティだと？　どこの家からだ？」

ほう、パーティか。まあ、悪くはない。この沈《しず》んだ空気を払拭《ふっしょく》するのに、パーっと楽しむのも良いだろう。

しかし、重要なのは主催《しゅさい》先だ。底辺貴族のパーティなぞに参加すると、こちらの品位まで疑われるからな。最低でも伯爵家《はくしゃくけ》以上の上級貴族が主催するものでなければ。

俺の値踏《ねぶ》みする様な視線に、カルロスは自信満々と言った態度で応じる。

「なんと、公爵家《こうしゃく》からです」

「ほう！　公爵家か！」

素晴《すば》らしい、これは期待出来そうだ。

「はい、あのガレオン公爵家からですよ坊ちゃん！」

「そうか！　あのガレオン、公爵家……？」

ガレオン公爵家。国土の西側を支配する、我《わ》が王国屈指《くっし》の大貴族。

だが待て。あの悪夢——俺が四天王として殺され続けた悪夢。その時に仕えていた【第二の魔王】。

第一章では主人公をいじめる主犯格。並外れた野心とカリスマ性を併《あわ》せ持つ残忍《ざんにん》な男。

そいつの名は、レイモンド・ロワ・ノーデンス・ガレオン。

ガレオン公爵家の嫡男《ちゃくなん》。その、ガレオン家からの招待状だと……？

……オロロロロ

「坊ちゃん⁉」

俺は吐いた。盛大《せいだい》に吐いた。

そうだった。夢の物語は、主人公が学園へ入学する時点から始まっていた。主人公の入学初日から、レイモンドは主人公を下民と呼び蔑《さげす》んでいた。

そう、取り巻き四人と共に。その中には俺も居た。

入学時点で既《すで》に五人組だったという事は、もしかしたら学園へ入学する以前から面識があったのかも知れない。

或《ある》いはこの招待状……まさか、俺とレイモンドはこのパーティで出会っていたのではないか？

公爵家が開くという事は、規模としてかなり大きなものであると推測出来る。ガレオン公爵家と我がライトレス家は別段親しくしている訳でもない。

それでも招待状を送ってくるという事は、かなり広範囲に送っているという事。恐《おそ》らくは、学園での取り巻き、そしていずれ四天王に成るであろう俺を含む四人に。

このままいけば、あの悪夢は現実となるのか？　また俺は無惨《むざん》に嬲《なぶ》られ、殺される事になるのか？

……駄目だ。駄目だ駄目だ駄目だ！　あってはならない。ライトレス侯爵家次期当主の俺が、そんな無様な死に方など。それだけは阻止《そし》しなければならない。

あの悪夢が、これから起こり得る現実だというなら、俺はそれを全身全霊《ぜんしんぜんれい》をもって叩《たた》き潰《つぶ》す。あの俺を殺しまくったいけ好かない主人公を、国王になんぞ成らせてたまるか。

俺は泣きじゃくりながら、そう心に誓《ちか》った。

＊

ガレオン公爵家主催のパーティの招待状。パーティの日取りは今日よりおおよそ三ヶ月先だ。それまでに出来る事を考えよう。

先《ま》ずはあの物語において、俺は何故殺されなければならなかったのか？　俺が人類に仇《あだ》なす敵になったから？【第二の魔王】レイモンドに服従する四天王になったから？

それらも要因ではあるだろうが、本質的には違う。主人公勢力が、俺の事を嫌《きら》っていたからだ。

第一章において、主人公を平民という理由で嘲り、嫌がらせをしていたからだ。事実として、第二章の四天王は全員が主人公勢力に殺された訳ではない。

結果的には全滅《ぜんめつ》しているが、主人公勢力と戦った末、見逃《みのが》された奴が一人居た。

第二章の四天王最強にして、最後に戦った四天王。【竜駆り《りゅうがり》】のヴァルム。ヴァルムは飛竜《ひりゅう》を駆る竜騎士《りゅうきし》であり、物語中でも随一《ずいいち》の槍《やり》の名手だった。

凄《すさ》まじい槍の腕《うで》と、レイモンドより与《あた》えられた愛竜フリューゲルによる超高速《ちょうこうそく》駆動《どう》、そして持ち前の雷魔法《かみなりまほう》。これらが、ヴァルムが四天王最強たる所以《ゆえん》だ。

俺や他の四天王の面々は、高貴なる上級貴族の血と実力によりレイモンドの取り巻きと成ったが、奴は違う。

ヴァルムはレイモンドの取り巻きの中で唯一《ゆいいつ》、爵位《しゃくい》を持たない男だ。ヴァルムは、辺境の騎士《きし》の家系。

代々騎士として王国貴族に仕えてきた家である以上平民とは違うが、我々貴族と比べれば埋《う》めようの無い格差というものがある。

そんな騎士家風情のヴァルムが何故、レイモンドの近くに侍《はべ》る事を許されたのか。それは、ヴァルムが圧倒的《あっとうてき》に強かったからに他ならない。

そう、ヴァルムは血筋ではなく、単純な個人の武を評価され、レイモンドの配下に加えられたのだ。

そう言った成り上がりに近い経歴があったからだろう。第一章において、レイモンドの取り巻き達が平民である主人公に嫌がらせをする中、ヴァルムだけはそれに消極的だった。自発的な嫌がらせ等は一切《いっさい》せず、する時も飽《あ》く迄《まで》もレイモンドに命令された時のみだった。寧《むし》ろ、平民ながらに実力のある主人公を評価している面すらあり、一貫《いっかん》して主人公に対し敬意を払っていたように思える。

その実力は折り紙付きで、対四天王戦では主人公勢力相手に単身で圧倒《あっとう》するという凄まじい戦闘力《せんとうりょく》を発揮していた。

決着は確か、乗っていた騎竜を落とされて、ヴァルム自身が敗北を認めたのだったか。

敗北後、【第二の魔王】レイモンドが主人公勢力に打ち倒され、その後に自害するという、何とも悲哀《ひあい》に満ちた最期《さいご》を迎えた。

まあ、何万回と理不尽に殺された俺には及《およ》ばんがな。

詰《つ》まる所、主人公勢力は、敵対勢力であっても自分達に敵対的でなければ見逃すという、何とも甘《あま》ったれた集団なのだ。

件のパーティに参加し、仮に俺がレイモンドの取り巻きになってしまったとしても、第一章において主人公に嫌がらせをしなければ、もしかしたら俺は助かるのかも知れないな。

いや、それだけでは少し弱いか？　俺には民に重税を課した悪魔という、不条理な肩書《かたが》きを付けられていた。もしも嫌がらせに加担していなくとも、それを引き合いにだされて殺される可能性は充分《じゅうぶん》にある。

俺からすれば完全な冤罪《えんざい》だが、あの主人公共はそれに思い至るだけの知能があるか疑わしい。悪い奴は殺す、悪くなくても何となく印象が悪いから殺す、だ。

事実かどうかは、奴らからすれば大した問題じゃないのだ。

つまり、第二章までに、或いは学園に入学する前に、重税の問題をある程度どうにかしなければならないという事だ。成人もしていない俺が、領内の経営に口出しを？　いや、これは慎重《しんちょう》に動かねば父上の機嫌を損ねてしまう案件だな。はあ、頭が痛い。

「という訳でカルロス、うちの領内で重税に苦しんでいる所《そこ》を探して来い」

「そんな事を急に申されましても……」

早朝、いつものようにカルロスの入れてくれたどす黒いモーニングコーヒーを飲みながらそう言うと、当のカルロスは困り顔を見せる。

「なんかうちは重税を課しているらしいじゃないか」

「どこの情報ですかそれは」

「夢」

カルロスは溜《た》め息《いき》を吐いた。おい、なんだその哀《あわ》れみの目は。

「やはり一度医者を呼びますか」

「いらん。それよりも重税の話だ」

「しかしですね、ライトレス領の税は王国規定に則《のっと》ったもの。他領と比べても少なくはないでしょうが、特別多い訳でもないのです」

「なに？　重税じゃないのか？」

どういう事だ？

或いは、今後二～三年の間に重税になっていくという事なのか？

「まあ、ローファス坊ちゃんもいずれは経営に関わるのですから、興味を持つのは良い事ですな」

「うちの領は広いだろう？　全て一律に同じ税率なのか？」

「勿論《もちろん》、地域によって違います。そもそも、商業、農業、漁業と、業種によって掛けられる税の種類がございます。商人が商売する際には、その届け出と売上に応じた商業税が掛かりますし、農家には農作物に掛かる農税、漁業には捕《と》れた魚に掛かる魚税というものが……」

「あー、難しい話はもう良い。つまり我がライトレス領は、過度な重税は課していないという事だな？」

「……ええ、まあ。そうでございます」

ふむ、ならば今重税に関して出来る事はないのか？　いやしかし待て。物語の第一章、その中のストーリーの一つに、廃《すた》れた漁村に行くというものがあった。

確か、突如として海に現れた巨大《きょだい》な魔獣による被害《ひがい》を受け、捕れる魚の量が減っている、という話だったか。

話は魔獣討伐《まじゅうとうばつ》が主だったが、ついでに重税を課す役人を懲《こ》らしめる、というちょっとした場面もあった。

その舞台《ぶたい》となった廃れた漁村、確かライトレス領じゃなかったか？

「……………」

拙《まず》い。あの漁村を放置する訳にはいかん。放置すれば俺は死ぬ。思い出せ、あの村の名前は確か……。

「……ローグベルト」

「はい？　坊ちゃん、急にどうされましたかな？」

そうだ、俺に対して敵意剥《む》き出しだったあの金髪の女船乗り。ローグベルトはあのイカれ女の故郷だった。くそ、思い出すのも腹立たしい。

罵倒《ばとう》されながら、繰り返し刃物《はもの》で切り付けられる感覚は、忘れようも無い。

あの女の故郷が重税を課せられ、苦しんでいる？　それは中々に痛快な話だが、それで俺が殺されるのは御免《ごめん》だ。

何《いず》れにせよ、一度ローグベルトに行く必要があるな。

「カルロス、俺の今日の予定は？」

「今日の予定ですか。午前から魔法講師による実技訓練、昼食を挟《はさ》んで、午後からは経営学、魔法学、礼儀《れいぎ》作法と勉学が詰まって……」

「なるほど、大した予定は無いのだな。それら全てキャンセルだ。直《す》ぐに馬車の準備をしろ」

「はい⁉　坊ちゃん、何を……」

そもそも魔法の実技訓練など、元よりこの俺には不用なものだ。程度の低い魔法講師より学ぶ事など、何一つとしてありはしない。これまでは名目上必要な事と我慢《がまん》して受けてやっていたが、今はそれどころでは無いのだ。

「急げ、ローグベルトに向かうぞ」

俺は上着を着て寝室を出る。それに伴《ともな》う様に急ぎ足で付き添《そ》ってくるカルロスは慌《あわ》てた様子だ。

「お待ちを、ローファス坊ちゃん！　キャンセルも何も、午前の魔法講師はもう到着《とうちゃく》しております！」

「──その通りでございます！」

俺とカルロスの前に、三角帽子《ぼうし》を被《かぶ》った壮年《そうねん》の魔術師《まじゅつし》が立ち塞《ふさ》がった。俺の魔法講師を担当している、魔術師レザールだ。

「ローファス様、これから魔法実技のお時間ですよ。どちらへ行かれるおつもりか」

俺は無言で巨大な暗黒球《ダークボール》を形成し、即座《そくざ》にレザールへ放つ。俺の魔法は、レザールの立つ右側から先を地面ごと消し飛ばした。

風圧でレザールの三角帽子が宙を舞《ま》い、ふぁさりと地面に転がる。動けず固まるレザールに、俺は一言。

「退《ど》け」

レザールは身体をガクガクと震《ふる》わせながら怖《お》ず怖ずと道を空けた。

「ささささ、流石《さすが》はローファス様！　見事な詠唱破棄《えいしょうはき》でございました！　これにて午前の実技はしゅしゅしゅしゅ、終りょ――」

「今のは無詠唱だ。貴様に教わる事は何も無い。その地面を埋め立ててさっさと失《う》せろ」

ガタガタとその場に座り込むレザールを無視し、俺はそのまま歩き出す。カルロスは嘆《なげ》く様に顔を手で覆《おお》っていた。

「坊ちゃん……」

「あれは何処《どこ》その男爵《だんしやく》家の三男坊《さんなんぼう》だったか？　あの程度の技量で俺にものを教えよう等、片腹痛い。今日を以《も》ってクビにしておけ」

「一体これで何人目ですか」

「知らん。もっとまともな講師を用意しろ」

貴族は、基本的に爵位の位階が高い程に、より高い魔力《まりよく》を持つものだ。

時折、下級貴族や平民から魔力量の多い者が出る事もあるが、それも極々稀《ごくごくまれ》な話。

　上級貴族たる侯爵家であり、その中でも莫大《ばくだい》な魔力量を有する俺からすれば、レザールのような男爵家程度の魔力等、雀《すずめ》の涙にも劣《おと》るというもの。

「賃金はそれなりに多く出しているのですがね、新しい人材が中々来ないのですよ。こんな事を繰り返していれば、当然と言えば当然ですが」

「皮肉か？　だが詠唱破棄と無詠唱の違いも分からん様な奴を雇《やと》った人事にも問題があるだろ」

「レザール殿《どの》は講師として優《すぐ》れた御仁《ごじん》ですよ……一般的《いっぱんてき》には、ですが。無詠唱は魔法における高等技能。それを呼吸するが如く容易《たやす》く扱《あつか》う坊ちゃんが相手では、レザール殿も立《た》つ瀬《せ》が無いでしょう」

「あのレベルで一般的には優れているとされているのか？　王国の魔法技術の水準は随分と低いらしい」

　そんな話をしながらカルロスを伴って馬車に乗り込み、杖《つえ》で天井《てんじょう》を叩いて出発の合図を出す。

「出せ。行き先はローグベルトだ」

　俺の言葉に、馬車がゆっくりと動き出す。

　動き出したは良いものの、御者《ぎょしゃ》は困惑《こんわく》した様子でチラチラとこちらを見ている。

「なんだ、何を見ている」

「坊ちゃん、ローグベルトの場所をご存《ぞん》じで？」

「俺がか？　知る訳がないだろう」

「でしょうね。辺境の田舎にある漁村で、私も名前だけは知っているという程度です」

「そんな田舎なのか。まあ、うちの領地は広いからな。もしかして遠いのか？」

「もしかせずとも遠いですよ。馬車で丸四日は掛かります」

「四日……」

俺は絶句する。流石に丸四日も馬車に乗るのは嫌だな。まさかローグベルトがそんなに遠いとは。

「流石にそこまでの距離《きょり》ともなれば、この御者では荷が重いでしょう。旅慣れた御者と護衛の確保、食料や野営物品の準備、明日以降のスケジュールの調整、そして四日間も空けるともなれば、御当主《ごとうしゅ》様の許可も必要になります」

「ふむ……」

やる事が多いな。通常ならば諦《あきら》めているだろうが、今回は文字通り俺の命が懸《か》かっている。

そのローグベルトが抱えているであろう問題を解決すれば、俺が死ぬ要因を一つ消せるかも知れない。これは多少無理をしてでも、押し進《すす》めねばならない案件だ。

「カルロスよ」

「何でしょう坊ちゃん。流石に諦めましたかな？」

「御者、護衛は貴様一人で兼務《けんむ》しろ」

「……………はい？」

カルロスはライトレス領にて、過去に騎士団《きしだん》を率いる長だった経歴を持つ。老いはしたものの、戦闘力は申し分なく、野営の経験も豊富だ。

たったの四日であれば、寝《ね》ずの番《ばん》もこなしてくれるだろう。第二章にて、伊達《だて》や酔狂《すいきょう》で暗黒執事をやっていた訳ではないのだ。

耳を疑った様子のカルロスだが、カルロスの実力を考えれば別段無理難題を言っている訳ではない。

「各種必要物品の準備もこれより即座に行え。金の事なら気にするな、俺の小遣《こづか》いから出そう」

懐から金貨がたらふく入った小袋《こぶくろ》を取り出し、カルロスに投《な》げ渡《わた》す。

「いやっ、ローファス坊ちゃん……!?」

「ああ、スケジュールの事なら気にする必要はない。五日やそこら空けた所で死ぬ訳でもないのだ。それと、父上には事後報告で良い。帰ってから俺が適当に報告しておく」

「いやいやいやいや！　そう言う訳には参りません！　行くにしてもせめて御当主様の許可を……」

「黙《だま》れ」

俺は身体から強大な魔力を放出し、いつまでも文句を垂れるカルロスを黙らせる。

高密度の魔力に晒《さら》された馬車は軋《きし》み、御者は泡《あわ》を吹いて倒れた。カルロスは冷《ひ》や汗《あせ》を流しながらも、歯を食いしばって意識を保っている。

「貴様に意見を許した覚えはないぞ、カルロス」

カルロスは諦めた様に跪《ひざまず》く。

「……出過ぎた真似《まね》を致《いた》しました。直ぐに準備を致します」

「それで良い。行け」

カルロスは死んだ目で御者を抱え馬車から降ろすと、一人買い出しに出かけた。

02 ✦ 廃れた漁村

『ローファス・レイ・ライトレス！　お前達《たち》貴族の所為《せい》でノルンは……ノルンはぁ！』

金髪の女が、憎《にく》しみに顔を歪《ゆが》め、手に持つ刃物で何度も俺《おれ》を切り付けて来る。繰り返し、何度も何度も。

それは幾度《いくど》と殺される夢の最中、主人公勢力の中でも特に俺を敵視していた女船乗り。

女船乗りは殺意の籠《こも》った目で俺を睨み、かつて救う事が出来なかった幼馴染《おさななじみ》の名を口にしながら、最後には俺目掛《めが》けて刃《やいば》を振り下ろした。

＊

「……」

仄《ほの》かな潮の香りに目を覚ます。目に入ったのは、ガタガタと揺《ゆ》れる馬車の天井。

悪夢を見た。イカれ女に殺される、酷《ひど》い悪夢を。今向かっているローグベルトは、かの女船乗りの故郷。

関係があるのかは分からんが、俺の中の本能が、あの女に関わる全てに拒否反応《きょひ》を示しているのかも知れんな。

ふと、俺の起床《きしょう》に気付いたのか、御者のカルロスが窓より顔を覗《のぞ》かせる。

「お目覚めになりましたか」

「……あぁ。馬車は余り寝心地《ねごこち》が良いとは言えんな。悪夢を見た」

「おや、また悪夢ですか。最近よく見られますな」

「全くだな」

身に覚えのない事で殺されるのはもう沢山だ。

「もう暫《しば》しお待ちを。もう直ぐ、ローグベルトに到着致《とうちゃくいた》します」

にこやかに微笑《ほほえ》むカルロスの言葉に、俺は窓から外を覗く。そこには、だだっ広い海と寂《さび》れた漁村があった。

*

丸四日馬車に揺られ、漸くローグベルトに辿《たど》り着いた。馬車の中でも分かる潮の香り。

小ぢんまりとした乱雑に立ち並ぶ民家。

これぞ辺境、ザ・田舎《いなか》って感じだ。都育ちの俺からすれば不快な事この上ないが、命が懸かっている事を考えれば我慢する他無い。

ローグベルトは、住民が百にも満たない小規模の漁村だ。大通りに面している村でもある為《ため》、旅人や商人の通りも多い筈《はず》。

それなりに栄えていてもおかしくはないのだが……。

「おい、ここは本当にローグベルトなのか？」

その漁村は、想定以上に廃れていた。村には人の気配が無く、明らかに空き家と思《おぼ》しき家が幾《いく》つも見受けられる。

……これ、廃村《はいそん》になってないか？

「地図を見る限り、ここで間違《まちが》い無《な》い筈ですが……」

馬の手綱《たづな》を引くカルロスも首を傾《かし》げている。物語でローグベルトが登場するのは、第一章、学園生活が始まって少ししてからの事だ。

学園への入学は成人してから、つまり今よりおおよそ三年は先の出来事だ。その時点でさえ、ここまで人が居ないなんて事はなかった。一体、何が起きている？

「カルロス、馬車を停《と》めろ」

カルロスに馬車を停めさせ、俺は馬車を降りる。

「どうされるので？」

「住民を探す」

ローグベルトの状況《じょうきょう》は、ローグベルトの住民に聞くのが手っ取り早い。まあ人の気配が無いのが問題なのだが。

カルロスを伴って人気《ひとけ》の無い村内を歩いていると、通りの一角に宿屋を見付けた。

扉には「Open」の掛け札。どうやら営業しているらしいな。店に足を踏《ふ》み入れてみるが、カウンターに店員の姿はなかった。

カウンターには店員の代わりにベルが置いてある。

「坊ちゃん、その呼び鈴《りん》を鳴らせば店員が来るでしょう」

「馬鹿にしているのか、見れば分かる」

ライトレス家直轄《ちょっかつ》の我が都の店であれば、この俺が来店したともなれば十人からなる店員が列を成して出迎《でむか》えるというのに。

ふん、これだから辺境の田舎は嫌なのだ。溜め息を吐《つ》きつつ、ベルを鳴らす。

すると、急ぎ足ですらないやる気の感じられない足音を鳴らしながら、無精髭《ぶしょうひげ》を生やしたハゲの店主が顔を見せた。そして一言。

「客か？　それとも冷やかしか？」

「……あ？」

平民が、貴族に対してこの様な無礼な物言いをする事は、王国においては不敬罪とされている。貴族の中でも俺はより上位の侯爵《こうしゃく》家であり、この領地の支配者の家系である。詰まる所、このハゲの店主は今、即座に首を飛ばされても文句を言えない態度を取っているのだ。辺境の田舎とは言え、我が領にここまで民度の低い輩《やから》が居るとは。

俺の怒《いか》りを感じ取ったのか、カルロスがじろりと店主を睨む。ハゲの店主は気圧《けお》された様に一歩たじろぐと、じろじろと俺とカルロスの装《よそお》いを見る。身なりの良さに気付いたのか、途端《とたん》に態度を変えた。

「し、失礼しました。どういった御用《ごよう》でしょう？」

手を揉《も》みながら、慣れていないのか気味の悪い笑《え》みを浮《う》かべながらそう言う店主。

最低限だが態度を改めた、という事で俺は怒りを飲《の》み込《こ》み、店主に問う。

「……この村はどうなっている。人っ子一人見当たらないが」

「あーいや……それは、ですねえ……」

言い難《にく》そうに明後日の方向を見る店主。

「なんだ、はっきりしろ」

「失礼ですが、貴方《あなた》はお貴族さまでしょうか？」

聞き返してきた店主に、俺は溜め息を一つ。全く、これだから辺境は嫌《いや》になる。

こいつは俺の羽織る上着に装飾《そうしょく》された、太陽を喰《く》らう三日月の紋章《もんしょう》――ライトレスの家《か》紋《もん》を見た事がないのか？

辺境の田舎とは言え、ライトレス領の領民だろうが貴様は。無知は罪というが、正しくその通りだな。

自らの住まう地の支配者の紋章を知らない等、貴族を軽《かろ》んじていると公言している様なもの。たかが下民が、万死《ばんし》に値する。

俺はどす黒い魔力を纏《まと》わせた手で、力任せに店主の胸倉《むなぐら》を掴《つか》み上げた。

「ひ、ひいいいい⁉」

悲鳴を上げる店主に、俺は顔を近づける。

「貴様は、質問に質問で返せと親から教育されたのか？　下民の教育レベルの低さが窺えるな。貴様はただ、聞かれた事に答えれば良いのだ」

「ももも、もう、申し訳――」

「御託《ごたく》は良いから答えろ。ローグベルトはどうなっている。何故《なぜ》人が居ない？」

「い、いません！　多くの住民はローグベルトから逃《に》げ出したんです！」

「……なに」

逃げ出した？　何故、一体何から？

俺は店主から手を離す。そして、その手の中に暗黒球《ダークボール》を形成する。無論、脅《おど》しの為だ。

「何故逃げ出した？　理由は？」

「ひいいいいい！」

俺の魔法《まほう》を見た店主は、半狂乱《はんきょうらん》になりながら身体を丸め、頭を抱《かか》える。

「……坊《ぼっ》ちゃん、逆効果では？」

カルロスが俺の顔色を窺《うかが》う様に問うてくるが、知った事ではない。

そもそも、ライトレスの家紋すら知らなかった時点で、こいつは不敬罪でその場で殺されても文句は言えない。これは不勉強とかそういう次元ではない。

己の住まう領地の、その領主の家紋を知らない等、明確な侮辱《ぶじょく》だ。そんな無礼者に掛《か》ける慈悲《じひ》なぞ、俺は持ち合わせてはいない。

「店主よ、俺の気は長くない。貴様に残された選択肢《せんたくし》は二つだ。即刻《そっこく》理由を話すか、死ぬかだ」

「おゆ、おゆるしを、おゆるし……」

うわ言のように同じ言葉を繰《く》り返す店主。どうやらこいつは死にたいらしいな。俺は溜め息を吐きつつ、手に魔力を込める。

不敬罪にて手打ち、せめてもの情けで苦しまぬよう一撃《いちげき》で終わらせてやろう。

「お、お待ち下さい！」

魔法を放とうとした瞬間《しゅんかん》、俺とうずくまる店主の間に一人の少女が割《わ》り込んで来た。少女は店主の盾《たて》になるように両手を広げ、俺の前に立ち塞がる。

「お貴族様！　どうか、どうかお慈悲を！」

必死に助命を懇願《こんがん》する少女。この店主の娘《むすめ》だろうか。怯《おび》える店主と違《ちが》い、臆《おく》さずに前に出て来る様は実に勇敢《ゆうかん》。

しかしこれは蛮勇《ばんゆう》、そしてこれも不敬罪に当たる。平民が貴族の前に出る等、あってはならない。

そしてその上、貴族が平民を処刑《しょけい》するのを妨《さまた》げる、これもまた不敬罪。平民は貴族の行いを妨げてはならない。

辺境だから貴族と接する機会が殆《ほとん》ど無いのか？　我が本都の民ならば……と愚痴《ぐち》っても仕方の無い事だが。

「これは其《そ》の者の不敬に対する処刑、貴族に許された正当な行為《こうい》だ。娘よ、何をもって俺の行いを妨げる？」

「私の父です。私はどうなっても構いません。父の命だけは、どうか」

少女は両手、そして頭を床《ゆか》に擦《す》り付け、土下座の形を取った。

……ふむ。まあ、及第点《きゅうだいてん》ではあるが、最低限の誠意と、貴族に対する敬意は示されたと判断しよう。これで親子諸共処刑《もろともしょけい》するのは、貴族として些《いささ》か狭量《きょうりょう》か。俺は静かに暗黒球《ダークボール》を消す。

「おい娘、分かったから顔を――」

言いかけた直後、どたどたと荒《あら》い音を立てながら、複数の男達が店内に入ってきた。そして、俺とカルロスを取り囲む。

男達の手にはスコップや鍬《くわ》、銛《もり》や釣《つ》り竿《ざお》といった武器の代用として充分な物がある。見れば、店の外にも大勢の男達が集まっていた。

「もう我慢ならねえ」

「貴族だとか関係ねえ」

「やっちまえ」

男達は口々に怒りの声を上げている。村には人っ子一人いなかった筈だが、何故こんなにも人が居る？

店主も多くの住民が逃げたと言っていた筈だが。もしかして隠《かく》れ潜《ひそ》んでいたのか？

そしてこの計ったようなタイミング、店の外からこちらの様子を窺《うかが》っていたという事だ。平民が寄《よ》って集《たか》って貴族を取り囲み、あろう事か「やっちまえ」等と口走っている。ここまで来ると、不敬に留《とど》まらず、反乱の罪状まで付いてくる。

そうなると個人の処刑では収まらない。罪人と血縁《けつえん》のある親族は当然として、村ごと取り潰されても文句を言えない程《ほど》の罪だ。

こやつら、自分が何をやっているのか分かっているのか？　カルロスも溜め息を吐きつつも、鋭《するど》い目で剣《けん》の柄《つか》に手を掛けている。

そうだな、これは流石に無理だ。分かっていようが分かっていまいが、やってしまった以上は関係ない。

この場に居る全員を反乱罪で処刑し、その首を路上に晒さなければ貴族として示しがつかない……が。

「はあ……」

落ち着け、冷静になれ。いや、俺は十分に冷静だが。そもそもローグベルトなんて田舎の漁村に来たのは、俺が将来的に殺されない布石を打つ為だ。

ここで十数人の下民を処刑しても、将来の俺の死が無くなる事はないだろう。

「坊ちゃん、切り抜《ぬ》けます」

「いい、何もするな」

今にも周囲の男共の首を刎《は》ねそうな勢いのカルロスを制止する。カルロスの腕なら、室内の奴《やつ》らなぞ一息の内に殺せるだろう。

俺自身も、魔力の無い下民が何十、何百居ようが傷一つ負わず、指一本動かさずに殺し尽《つ》くせる確信がある。だが、こんな所でそれをやっても意味が無い。

俺は手の中に魔力を収束させ、刃を象《かたど》らせる。魔法ですらない、魔力を固めただけのものだ。攻撃性《こうげきせい》も殆ど無いが、脅しの道具としては十分だ。

まあ、流石に心臓に刺《さ》せば死ぬがな。

「おい娘、動かなければ何もしない。じっとしていろ」

俺は少女にだけ聞こえるように小声で話し、少女も何かを察したのか無言で頷《うなず》く。なんだ、随分《ずいぶん》と物分かりが良いじゃないか。

俺の意図を理解したのか、殺されない為に従っているだけなのか。いずれにせよ、貴族に逆らう愚民《ぐみん》よりは幾分《いくぶん》もマシだな。

俺は魔力の刃を少女の首に当て、周囲を睨《にら》む。

「貴様等、この娘の命が惜《お》しいなら動かない事だな」

そう警告してやると、取り囲む男達は驚愕《きょうがく》と緊張《きんちょう》の面持《おもも》ちでたじろいだ。

「ひ、卑怯《ひきょう》だぞ！」

下民の一人がそんな事をほざく。

「俺のようなガキや老人を相手に、大の大人が道具を持って大勢で取り囲むのは卑怯じゃないと？　やはり平民の感覚は分からんなぁ」

嗤《わら》いながら皮肉を言うと、下民共は歯嚙《はが》みしながら俺を睨む。なんだ、人質《ひとじち》に取られる可能性を考慮《こうりょ》せずに取り囲んだのか？

突発的《とっぱってき》というか計画性が無いというか。やはり下民、サル並の知能という事か。

「サル共では話にならんな。最低限会話が出来る奴は居ないのか？」

周囲を見回しながら問い掛けると、俺の言葉に顔を真っ赤にしている男共を掻《か》き分け、一人の中年の男が現れた。

額に十字傷のある、日に焼けた浅黒い肌《はだ》の厳《いか》つい男だ。鋭い眼光が周囲を威圧《いあつ》する様に睨んでおり、男達はそれに萎縮《いしゅく》するような反応をしている。

十字傷の男、こいつがこの集団のリーダー格か。

「急に取り囲んだ事は謝罪しよう。一先《ひとま》ず、リリアちゃんを放してやってくれねぇか」

十字傷の男は前に出るなり、俺を真《ま》っ直《す》ぐに見つめてそう告げる。この少女はリリアというらしい、どうでも良いがな。

「ローグベルトの下民は世間知らずらしいな。貴族を前に頭《こうべ》も垂れず、名乗りもしない」

「おう、こりゃ失礼。俺《おら》ぁグレイグ、船乗り共の頭目をやってる。見ての通り田舎者《いなかもの》なんでね。礼儀は期待しねぇでくれ」

おどけた様に笑いながら自己紹介《しょうかい》するグレイグとやら。当然、頭等下げていないし、ついでに言えば目が笑っていない。

手は腰《こし》に下げた剣の柄から離《はな》さないし、俺よりもカルロスの方に意識を向けている様だ。ガキの俺よりも剣を持つカルロスを警戒《けいかい》か、オツムの足りない馬鹿ではないらしいな。

「悪かったな、出しゃばりのこいつ等は下がらせる。ほれ、テメエ等下がりやがれ」

グレイグの言葉に、男達は納得《なっとく》出来ない様子で詰寄《つめよ》ろうとするが、即座にグレイグに鋭い眼光を向けられ、すごすごと店の外へ出て行った。

「貴様は最低限、会話くらいは出来るらしいな」

俺は魔力の刃を消し、グレイグに向き直る。グレイグは少し意外そうに俺を見た。

「こんなにもあっさりリリアちゃんを解放してくれるたぁな」

「こちらも、こんな所で村一つ消すのは手間だからな」

俺の一言に、グレイグは鋭い目をより険しくする。

「なんだその目は。良いか、下民が貴族を取り囲むとはそういう事だ。今回は道具まで持ち出している。こんなもの、不敬罪など通り越《こ》して反逆罪だ。罪人の親族は当然として、村ごと処断されるのは当然の流れだ」

「……あぁ成る程な。それをしない為に、リリアちゃんを人質に取ってうちの野郎《やろう》共を牽《けん》制《せい》したって訳かい」

流石頭目、物分かりが良いじゃないか。流石に手を出されては見逃《みのが》す訳にはいかなかったからな。

「良いか、今回は見逃してやった。だが次は無い。たとえ教会の枢機卿《すうききよう》でもそこまでの慈悲は示さんだろう」

「それで、感謝でもすれば良いかな？　頭くらいなら幾らでも下げるぜ、お貴族様よ」

「はっ、貴様の頭にどれほどの価値があるんだ？　が、下げて当然の頭だ、下げておけ」

俺とグレイグの間に流れる刺すような空気。視界の端《はし》でリリアがあわあわとしながらお茶なんぞを淹《い》れて持って来ようとしている。

いらん気を使うな、貴様は黙ってその辺に突《つ》っ立っておけ。

「ったく、口の悪《わり》ぃガキだぜ……まあ感謝はするさ。うちのもんの粗相《そそう》を見逃してくれたんだからな。あんたは貴族だが、どうやら性根《しようね》の腐《くさ》ったクソ野郎じゃねぇらしい。クリントンの野郎とは違ってな」

頭は下げず、グレイグは吐き捨てる様にそう言う。いや下げろ。それとクリントンって誰《だれ》だ。俺の疑問に応える様に、カルロスが口を開く。

「クリントン・フォウ・セルペンテ。この周辺の管理を任されている者です」

ああ、代官役人か。セルペンテ……確か何処その辺境の子爵《ししゃく》家だったな。田舎の下級貴族の出身か。

……うん？　ローグベルトの、代官役人？

もしかしてそのクリントンとやらが、物語で主人公勢力に懲らしめられた重税を課していたという役人か？　物語上では名前までは出ていなかったが。

「なんだ、貴様等はそのクリントンとかいう役人と折り合いが悪いのか」

「悪ぃなんてもんじゃねぇ。奴はな、俺達《おれたち》ローグベルトの敵、最低のクソ野郎さ。反逆罪とか関係ねぇ。次に顔出しやがったらマジでぶっ殺してやる」

クリントンとやら、とんでもない嫌《きら》われようだ。店の外に群がる男共も殺気立っており、目の前にクリントンが現れれば本当に暴動が起きかねない雰囲気《ふんいき》だ。

しかもこいつ、ライトレス次期当主の前で堂々と反逆宣言なぞしている。確かに名乗ってはいないが、俺の事が誰か本当に分かっていないのか？

上着に装飾されたライトレスの家紋が見えないのか？　それとも、まさか本当にこの紋《もん》を知らないのか？

これだけ大勢の人が居るのに？　誰も？　冗談《じょうだん》だろう……本気で頭痛くなってきたぞ。

「と、お貴族様の前でする話じゃなかったわな」

グレイグは頭をガシガシと掻きながらおちゃらけた様に笑って言う。

「だがそう言う訳だ、貴族の坊ちゃんよ。こんな辺鄙《へんぴ》な漁村に何の用で来たかは知らねぇが、ここは貴族に恨《うら》みを持ってる奴が多いんだ。あまり長居しない事だ」

要約すると出て行け、という事か。しかしここは我《わ》がライトレス家の領地。にも拘《かか》わらず、あろう事かその嫡男《ちゃくなん》に対して出て行けとは。

それだけでも首を刎ねるには十分過ぎる理由と成り得るぞ。

なんだ、名乗っていない俺が悪いのか？　こんな事も言わないと分からないのか？　辺境の下民とはここまで無知で無学なのか？

これでは野生のサルと大して違いがないではないか。俺は下民のあまりの教養の無さに気絶しそうになるのを何とか堪《こら》え、踵《きびす》を返す。

「……行くぞカルロス」

「――は？　よ、宜《よろ》しいので？」

驚《おどろ》いた様に問うてくるカルロス。それはそうか、普段《ふだん》の俺なら無礼を働いた者全員を処《しょ》刑《けい》していてもおかしくない。

だがもう良い。この下民共の程度の低さにはうんざりだ。

「良い。ここに居ると頭が痛くなる」

「……悪ぃな、坊主《ぼうず》。追い返すような真似してよ」

厳つい顔を申し訳無さそうに歪めていうグレイグ。うるさいもう喋《しゃべ》るな殺すぞ。

グレイグを無視し、カルロスを伴って馬車へ乗り込む。そして本日何度目か分からない深い溜《た》め息《いき》。

そう言えば、物語のストーリーではローグベルトで新たな仲間――ヒロインと出会うのだったか。

ローグベルトで仲間となるヒロインの一人、頭のイカれた女船乗り。奴の事は考えるだけでも虫唾《むしず》が走る。

時系列的には村に居てもおかしくはないのだが、今日は幸い現れなかった。もしもその姿を見せていれば苛立《いらだ》ちのあまり殺していたやも知れんな。

「帰るぞ」

カルロスに、我が本都へ帰る指示を出す。こんな低俗《ていぞく》な辺境にこれ以上居てたまるか。

さっさと本都へ帰って環境《かんきょう》を最上級で満たさねば精神が崩壊《ほうかい》してしまう。

丸四日寝ずの番を遂行《すいこう》中のカルロスは、俺の指示に酷く憔悴《しょうすい》した様子だが。問題ない、貴様なら八徹《はちてつ》くらい問題ないだろう。

それよりも俺の精神が崩壊する方が問題だ。カルロスの悲哀《ひあい》を帯びた溜め息と共に、馬を叩《たた》く鞭《むち》の音が響《ひび》く。ここから本都まで更《さら》に丸四日か、長い旅になりそうだ。

と、そんな訪《おとず》れかけた俺の平穏《へいおん》を、下民共の怒声《どせい》が掻き消した。

「クリントンだ！　クリントンの手下が来やがったぞ！」

ぎゃーぎゃーと喚《わめ》き、騒《さわ》ぎ立てる下民共。馬車の窓から、死んだ目で外を見る俺。馬車の進む道、村から出ようとしたその入口を、鎧《よろい》の一団が塞いでいた。

「税の徴収《ちょうしゅう》に来た。さっさと財を出せ、愚民共」

鎧を着た兵士が、傲慢《ごうまん》に村人達に呼び掛ける。それに対し、村人達は口々に怒りの声を上げた。

「馬鹿言ってんじゃねえ！　税を払《はら》う余裕《よゆう》なんてある訳ないだろ！」

「状況を見ろってんだよ！」

「魚が捕《と》れねえんだ！　税なんて払えるか！」

それに対する兵士達は、にやついた笑みを浮かべる。

「納税しないなら、強制的に徴収するまでだ。ああ、抵抗《ていこう》するなよ？　抵抗する者は殺せと命じられているからな」

兵士達は武器を構えると、家に土足で入って金品を漁《あさ》り始めた。

「ふざけんな！」

当然、抵抗する村人。しかし、鍬やスコップを持っていても、剣や槍《やり》を持った兵士に敵《かな》う筈も無い。

抵抗する村人は瞬《またた》く間《ま》に制圧され、次々と家屋が荒《あ》らされていく。俺はそんな光景を、頬杖《ほおづえ》をついて馬車から眺《なが》めていた。

「なあカルロス」

「なんでしょう、ローファス坊ちゃん」

俺は略奪行為《りゃくだつこうい》に勤《いそ》しむ兵士達を顎《あご》で示す。

「あれは、ありなのか？」

「いえ、普通《ふつう》に王国法に抵触《ていしょく》しておりますね。税を支払わない者に対する強制接収は、適切な手続き後に行われます。あれはどう見ても、手続きが行われている様には思えませんな」

「だよなあ。あれじゃ完全に盗賊《とうぞく》か何かだ。あまりにも品がない。それにあの兵士、正規兵じゃないだろ」

兵士達が装備している鎧は、王国で支給される正規の鎧とは別のものだ。当然、ライトレス家の鎧とも違う。

「そのようですね。恐《おそ》らくはクリントンの私兵か、傭兵《ようへい》の類いでしょう」

「で、極《きわ》めつけはあの紋章だ」

兵士達が掲《かか》げる旗にあるとぐろを巻いた蛇《へび》の紋章。あれはライトレスの家紋じゃない。

「あれは確か……セルペンテ子爵家の紋章ですね」

ライトレスが統治する領内で、ライトレス家の支配下にある者がライトレスの家紋以外を権威《けんい》の象徴《しょうちょう》として掲げるなど、あってはならない。

クリントン・フォウ・セルペンテは、あくまでも管理の代理を任された者であり、ローグベルトの領主ではない。

要するにクリントンは、他所様《よそ》の領地で己《おのれ》の家紋を掲げ、支配者ヅラしているという事だ。

「……子爵家風情《ふぜい》が、随分と舐《な》めた真似をしてくれる」

「これは即刻本都へ帰り、御当主様へ報告せねばなりませんな」

「……そのクリントンとやら、俺が手ずから処するのは問題か？」

「それは……避《さ》けた方が宜しいかと。御当主様に無断でされるのは……」

「面倒事《めんどう》になるか？」

「心証は、宜しくないでしょうな」

「ふむ」

ここで下手に動いて波風立てるのも得策ではないか。しかし、ここでクリントンの事を報告すると、クリントンは代官役人から降ろされる事になるだろう。

となると、そこで重税はなくなり、将来俺が殺される要因が一つ減るという事だ。

ならば良しとするか。ローグベルトへ来た当初の目的は果たせる訳だ。俺はほっと胸を撫《な》で下ろし、窓から外を眺める。

村では相変わらず、私兵による略奪行為が繰り広げられている。俺達が先程《さきほど》まで居た宿屋にも私兵の手は伸《の》び、中から悲鳴が聞こえ、リリアが私兵に引き摺《ず》られながら出てきた。

「ヒュー！　隊長、若い女が隠れてやしたぜ！」

「やめろ！　大切な娘なんだ！　金なら払うからやめてくれ！」

それに縋《すが》り付くようにハゲの店主も一緒《いっしょ》に出てきた。あ、キレた私兵に殴《なぐ》り飛ばされた。

ふむ、下民らしい実に無様な姿だ。しかし、私兵の口振《くちぶ》りは盗賊そのものだな、育ちの悪さが窺える。

己《おの》が家の紋章を掲げ、私兵による略奪行為、その上村娘の拉致《らち》誘拐《ゆうかい》か。いやあ、父上への報告内容が増える事増える事。

俺がホクホク顔でそんな光景を眺めていると、馬車に一人の私兵が近付いてきた。

「なんだ？　随分高価そうな馬車だな。良い金になりそうだ」

あ？

「おいジジイ、死にたくなけりゃ降りな。中のガキもだ」

下級貴族の私兵風情が、随分と舐めた口を利《き》くものだな。こいつもあれか、ライトレスの家紋を知らない口か？　これまで私兵の略奪行為すら涼《すず》しい顔で眺めていたカルロスの額に青筋が立ち、私兵を睨む。

「退け下郎《げろう》。貴様程度、近づく事すら烏滸《おこ》がましいお方だ」

「んだとお？　こちとらセルペンテ子爵の兵だぞ。そのバックにはなんと、あの暗黒貴族のライトレス家まで付いてんだ。テメェらがどこの誰かなんざ関係ねえんだよ！」

私兵はそう言うと、剣を抜いて俺とカルロスに向けた。

「分かったら降りろ。その馬車、血で汚《よご》れたら価値が下がんだろうが」

私兵が一歩踏み出した直後、その首が地面に転がった。顔はにやついており、死んだ事にすら気付いていない。

相変わらず見事な剣技だ。カルロスはレイピアに付いた血を振《ふ》るって飛ばす。

「ローファス坊ちゃん、お目汚しを致しました」

「構わん。貴様がやらねば俺がやっていた」

　この私兵、あろう事かライトレスの名を気安く口にした。ライトレスの家紋が刻まれた馬車に乗る我々に対してだ。

　低能もここまで来ると実に滑稽《こっけい》。しかし参った、口実が出来てしまったではないか。クリントンを潰《つぶ》す、ひいてはローグベルトを救う口実が。

「貴様！　自分が何をしたか分かっているのか⁉」

　怒りの形相でこちらに向かって来る私兵共の長と思しき男。先程、隊長と呼ばれていた奴だな。

「セルペンテ子爵を、あの暗黒貴族のライトレス侯爵を敵に回すという事だな⁉　貴様ら、生きて帰れると――」

　俺は無言で手に巨大《きょだい》な暗黒球《ダークボール》を形成し、私兵の頭を消し飛ばした。というかさっきから暗黒貴族ってなんだ。我が家に趣味《しゅみ》の悪い二つ名を付けるな。

「生きて帰れないのは貴様らの方だ。カルロス、全て殺せ。俺が許す」

「御意《ぎょい》」

　カルロスはレイピアを携《たずさ》え、私兵の集団に斬《き》りかかる。一対多の不利なぞものともせず、私兵共を次々と斬り裂《さ》き、一騎当千《いっきとうせん》の働きを見せるカルロス。

私兵共は隊長が俺の手に掛かった事に呆気《あっけ》に取られ、碌《ろく》に連携《れんけい》出来ていない。そんな棒立ち同然な奴らなぞ、カルロスからすればカカシと変わらない。

「……まあ、ものはついでだ」

俺は呆然《ぼうぜん》と立ち尽くす私兵、リリアを押《お》さえている奴に暗黒球《ダークボール》を放つ。私兵は反応すら出来ず吹《ふ》き飛んだ。

自由になったリリアはぼんやりと俺を見ると、凄《すご》い勢いで頭を何度も下げだした。ハゲの店主も一緒になって下げている。

見苦しいものを見せるんじゃない。いいからさっさと家にでも入っていろ。そんな事をしている間に、私兵共はカルロスの手に掛かり、瞬く間に駆逐《くちく》されていく。

そんな折、ふと海の方より、戦艦《せんかん》の汽笛を思わせる何かが聞こえた気がした。ぞわりとした悪寒《おかん》が背筋をなぞる。まるで海の底にでも引き摺り込まれる様な、そんな感覚。

これは本当に音が聞こえた訳では無く、潮風に乗って流れて来た魔力《まりょく》の片鱗《へんりん》を感じ取ったが故の幻聴《げんちょう》。カルロスも気付いたのか、動きを止めて海の方を見ていた。

他の者は特に反応を示していない。魔力を持たぬ者では感じ取れぬ程の、微細《びさい》な魔力。しかし、その程度のものでここまでの幻聴を……この海、何かあるのか？　或《ある》いは、ロ

ーグベルト近海に三年後に現れる巨大な魔獣《まじゅう》か……？

そんな事に気を取られていると、私兵の処理を終えたカルロスが戻《もど》ってきた。その漆黒《しっこく》の燕尾服《えんびふく》には、返り血一滴《てき》浴びていない。そしてカルロスは、頭を深く下げた。

「申し訳ありません。二人程逃《ほどのが》しました」

ふと、村の入り口を見ると、無数の馬が繋《つな》がれている。私兵共の馬だろう。成る程、今し方の異様な魔力に気を取られている間に馬で逃げられたか。

「逃げ足の速い鼠《ねずみ》が居た様だな。良い、許す」

気を取られたのは俺も同じ。それに、何も悪い話では無い。逃げ帰《かえ》った兵士から事情を聞いたクリントンは、きっとこの後何かしらの行動に出るだろう。

これから向かうクリントンの屋敷《やしき》で、この俺にどんな言い訳を並べるのか。クリントンがどう踊《おど》って見せてくれるのか、見ものではないか。

父上は狐狩《きつねが》りをよくやっているが、或いはこんな気持ちだったのだろうか。逃げられる筈も無いのに、手の平の上で無様に踊る様は、見ていてさぞ滑稽であろう。

詰《つ》まらなそうだったのでいつも誘《さそ》いを断っていたが、今度俺もやってみるのも面白《おもしろ》いかも知れん。

俺はカルロスを伴《ともな》って馬車に乗り込み、指示を下す。行き先はクリントンの屋敷。場所はここより馬車で半日程の距離《きょり》にある港町。

今晩はそこに泊《と》まるとしよう。何せ港町だ、ここよりは多少マシな宿屋があるだろう。

「待ってくれ坊主！」

馬車が走り出そうとした所で、声が掛かった。額に十字傷のある厳つい男、グレイグだ。私兵共とやり合っていたのか、所々に傷が出来ている。

「追い出すような真似《まね》したのに、助けてくれるなんてよぅ。俺《おれ》ぁ、この恩をどう返したら良いか……」

何やら長々と語り出した。俺は杖《つえ》で天井《てんじょう》を叩く。無論、出発しろの合図だ。

「……宜しいので？　どうやら感謝の言葉を述べているようですが」

「良いから出せ。これ以上下民の耳障《みみざわ》りな声など聞きたくもない」

「御意」

グレイグの声を無視して、馬車は走り出す。グレイグはそれでも、いや、より声を張り上げる。

「貴族を勘違《かんちが》いしてた！　悪かったよ、またローグベルトに寄ってくれ！　次は歓迎《かんげい》するからよ！」

うるさい奴だな……！

こんな辺鄙な田舎の村なぞ、二度と来るものか。煩《わずら》わしさに耐《た》え切れなくなった俺は耳を塞《ふさ》ぎ、離れて声が聞こえなくなるのを待った。

*

クリントン・フォウ・セルペンテは、田舎の子爵家の四男坊である。

灰を被《かぶ》った様なグレーの長髪《ちょうはつ》を後ろで括《くく》り、切長の目に細身の身体と、その姿はセルペンテ家の紋章と同様に蛇を連想させる。

ライトレス侯爵家に雇《やと》われた、下級貴族のボンボン。そんなクリントンは現在、高速で手揉《ても》みをしながら俺の前でヘコヘコしていた。

クリントンの屋敷で、大部屋の中央に支配者の如く座する俺の前で。

時が遡《さかのぼ》ること半刻程。俺とカルロスを乗せた馬車はクリントンの屋敷がある港町に辿《たど》り着いた。

それと同時に、クリントンの私兵と思しき集団に取り囲まれた。そしてその集団の中に居たであろうクリントンは、馬車に装飾されたライトレスの家紋を見て驚愕。

文字通り飛び上がる様に驚いていた。クリントンは私兵に武器を下ろす様に命令すると、馬車の前に両手を突いて土下座した。

「ライトレス侯爵家の馬車を取り囲む等という愚行《ぐこう》を犯《おか》してしまい、大変申し訳ありませんでした！」

平謝《ひらあやま》りするクリントン。俺は静かに馬車から降りると、私兵団の目の前でクリントンの頭を強く踏付けてやる。

騒然《そうぜん》とする私兵団。クリントンは恐怖《きょうふ》からか、将又屈辱《はたまたくつじょく》を感じているのか、俺の足の下で肩《かた》をぷるぷると震《ふる》わせている。俺は棒立ちの私兵団を睨む。

「おい、何を突っ立っている。死にたいのか」

俺が手に暗黒球《ダークボール》を形成させると、クリントンは土下座の姿勢のまま、慌《あわ》てて私兵団を叱《しか》りつける。

「馬鹿者、急ぎ跪《ひざまず》かんか！　この御方《おかた》はライトレス侯爵家の嫡男、ローファス・レイ・ライトレス様であらせられるぞ！」

それを聞いた私兵団は急ぎ武器を捨て、俺の前に膝《ひざ》を突いて平伏《へいふく》する構えを取った。辺境とは言え、流石《さすが》はライトレス領の役人だ。

俺の顔を知っているらしい。俺を前に服従の姿勢を取る、都市を治める代官役人とその私兵団。ふむ、実に気分が良い。これだ、これなのだ。

辺境の田舎《いなか》だからと半分諦《あきら》めていたが、俺は、ライトレスとは本来こうあるべき存在だ。この王国でも上位の支配階級なのだからな。

その後、俺はクリントンに恭《うやうや》しく屋敷に招かれ、冒頭《ぼうとう》に至る。カルロスはそんな俺を、終始呆《あき》れた顔で見ていた。

＊

「さて、ローグベルトにて、俺は貴様の兵に襲《おそ》われた訳だが、どういう了見《りょうけん》か聞かせてもらおうか」

俺の前で張り付けた様な笑みを浮かべるクリントンに威圧的《いあってき》に問い掛ける。クリントンは額からダラダラと汗《あせ》を流しながら、平伏する。

「は、はい。兵より報告を受けております。どうもローファス様と気付かず狼藉《ろうぜき》を働いてしまったようで、大変申し訳なく……」

「貴様の兵は馬車に彫《ほ》られたライトレスの家紋が見えなかったのか？　それとも、よもや知らなかった等とは言うまいな」

領内で働く者が、領主の家紋を知らないというのはあってはならない事だ。辺境の平民ですら不敬罪と取られかねない。

それが軍部に属するもの、例えば兵士となれば、その責任は計り知れない。即刻軍法会議に掛けられ、引いては部下の管理不行き届きとしてその上官まで処罰《しょばつ》される案件だ。

紋章は自軍を示す証であり、それが分からず自軍を攻撃《こうげき》しました、なんて笑い話にもならないからな。私兵がライトレスの家紋を知らなかった場合、当然その責務は主であるクリントンにも及《およ》ぶ。

「知らなかった等、そんなまさか！　ライトレス侯爵《こうしゃく》家の高貴なる家紋を知らない者等、ライトレス領、ひいては王国内に存在する筈《はず》がございません。碌に見ずに粗相をしてしまった様でして……その兵士は厳罰《げんばつ》に処する所存でございます」

「ほう？」

いや、多分知らなかったと思うけどな、貴様の私兵共は。なんだったら、ローグベルトの住民すら、うちの家紋を見慣れていない様子だった。

だがまあ、この返しは予想通り。責任逃《せきにんのが》れの為《ため》、尻尾《しっぽ》切りをするのは自然な事だ。

その報告したというローグベルトから逃げのびた私兵も、既《すで》に処理されているかも知れん。下手な証言をされると困るのはクリントンだからな。

「そう言えばローグベルトでな、貴様の兵士が見慣れぬ紋章を掲げていたのだ」

俺の言葉に、クリントンが固まった。

「あの紋章《もんしょう》は、どこぞの田舎貴族の家紋《かもん》ではなかったかな？」

雇われ風情の代官役人が、己が家の紋章を掲げる等、言い訳のしようも無い明確な反逆罪だ。クリントンは流れる汗をハンカチで拭《ぬぐ》って顔を上げる。

「そ、それはですね……えー、そ、その兵士達《たち》は地元から連れてきた者達でして、つい先日まで我が地元、セルペンテの領に居たのです。武器や備品もその時のもので……」

クリントンは俺の顔色を窺いながら言葉を紡《つむ》ぐ。

「それで？」

「そ、それで、ですね。お恥《は》ずかしい話、辺境であまり金銭に余裕がありません。備品の供給が間に合わず……いや、決して反逆の意志がある訳ではないのです」

がばっと再び頭を床に擦り付けるクリントン。いや、その言い訳は流石に苦し過ぎるだろう。正しく蛇の如き二枚舌だな。

仮にそれが本当であったとしても、他領の紋章を掲げた時点でアウトだ。俺がにやつきながら聞いていると、側に控《ひか》えていたカルロスが口火を切った。

「往生際《おうじょうぎわ》が悪いですよ、クリントン代官役人。ローグベルトに対する略奪行為、住民に対する暴力行為、住民の拉致未遂《らちみすい》……その暴挙を全て、ローファス様は御覧《ごらん》になっています。

最早《もはや》言い逃《のが》れは出来ませんよ」

カルロスに畳《たた》み掛《か》けられ、クリントンはわなわなと項垂《うなだ》れた。

おいカルロス……余計な事を。まあ良いか、即席《そくせき》の虚実《きょじつ》で塗《ぬ》り固《かた》められた程度の低い言い訳を聞くのにも飽《あ》きていたしな。

終わったと思われたが、クリントンはがっと顔を上げ、俺に詰寄ろうとする。

「わ、私は悪くない！　ろ、ローグベルトの連中が大人しく税を納めないから悪いんだ！」

「此奴《こいつ》、まだ戯《ざ》れ言《ごと》を……」

カルロスが呆れ気味《ぎみ》に剣の柄に手を掛けるが、俺はそれを手で制する。

「良い。貴様は事のあらましを書面にでもまとめておけ」

それと証拠《しょうこ》も押さえろ、とカルロスだけに聞こえるよう小声で指示を出す。カルロスは無言で頷き、静かに退室する。

この屋敷には後ろ暗い証拠が山程あるだろうからな。放置してクリントンに隠蔽《いんぺい》されては面倒だ。それまでに証拠は押さえねばならない。

「ほう、納税を怠《おこた》ったのか。それは興味深いな、話してみろ」

然《さ》して興味も無いが、カルロスが証拠を押さえるまで、クリントンにはここでお喋りしていてもらおう。

「あいつら、魚が捕れないなんて言い訳しやがるんです！」

「何故《なぜ》、魚が捕れないんだ」

「海の魔物《まもの》が凶暴化《きょうぼうか》しただの、大量発生してるだのと戯れ言を！　奴ら、納税せずに私腹を肥やそうとしてやがるんですよ！」

あ？　魔物の凶暴化？

「おい、魔物が凶暴化しているのか？」

「嘘《うそ》です！　奴らは嘘を吐《つ》いているんです！　納税したくないばかりに！」

クリントンは嘘だ嘘だと喚くばかりで話にならない。魔物の凶暴化に大量発生……。物語において、そう言った話は確かにある。

第一章において、【魔王《まおう》】が復活した影響《えいきょう》で青い空が赤黒く濁《にご》り、黒く禍々《まがまが》しい太陽が昇《のぼ》るのだ。そして世界各国で魔物が凶暴化・大量発生する。

正に世界の終わりを告げる厄災《やくさい》。この現象は物語にて《カタストロフィ》と呼ばれていた。だが、今はその時期ではない。

時系列的には少なくとも三年後の話だ。空の色に変化も無い。しかし、この《カタストロフィ》が起きる前、その前兆として各地で強力な魔物が出現したのだ。

【魔王】の眷属《けんぞく》……【四魔獣《よんまじゅう》】。そのうちの一体は、正しくローグベルト近海に現れた。

【魔王】の眷属であり、小島程の大きさの常軌《じょうき》を逸《いっ》した巨大蛸《きょだいだこ》の魔獣。

超大型《ちょうおおがた》のクラーケン、海魔ストラーフがまさか、もう出現しているのか？　【四魔獣】の出現は三年後じゃないのか？　やはり、先程海より感じた妙《みょう》な魔力は、【四魔獣】のもの？

「いや……違《ちが》うな」

前提が違う。そもそもまだ、物語は始まっていない。物語が始まるのは三年後、主人公が魔《ま》法《ほう》学園に入学してからだ。それ以前の情報は、物語にはなかった。実は【四魔獣】は物語が始まる前から存在していて、被《ひ》害《がい》を出していたという事ではないか？

「クリントン。ローグベルトの住民がその魔物の凶暴化を訴《うった》えてきたのはいつだ？」

「それは……確か、半年程前からです！　それまでは大人しく納税していたのに、奴ら急にそんな嘘を！」

半年前……意外と最近だな。逆に言えば、たったの半年でローグベルトはあそこまで廃《すた》れたという事か。これ、物語が始まる三年後までローグベルトは漁村として存続出来るのか？

俺の介入《かいにゅう》が無ければ、一年も経《た》たないうちに廃村《はいそん》になりそうだが。いや、或いは……。

「まさか、【四魔獣】の出現が早まった……？」

そう考えれば辻褄《つじつま》は合う。今より三年後である筈の、物語の夢で見た光景よりも、今のローグベルトの方が廃れていた。

ローグベルトは魔物の凶暴化、大量発生で魚が捕れなくなり、納税が出来なくなった。そして納税しないローグベルトに、クリントンは略奪《りゃくだつ》という形で強制接収をした。

本来ならば、どれも三年後に起きていた筈の事。流石に荒唐無稽《こうとうむけい》か？　いや、決して無い訳ではない。

物語がこれから起きる運命だというならば、俺は謂《い》わば運命に逆らう世界の異物だ。事実、ローグベルトに介入し、未来を変えようとしている。

そして未来を変えようとする存在が、俺以外に居ないという根拠《こんきょ》は無い。あの物語の夢を見たのが、俺だけとは限らない。

そうこうしていると、カルロスが戻ってきた。いや、早いな。カルロスはそっと俺に耳打ちする。

「証拠は一通り押さえました。それと……」

「なんだ」

「規定よりもかなりの重税を課してる様です。ローグベルトに限らず、周囲の村々に。それと、ローグベルトにしていた様な略奪や住民の拉致誘拐は、頻繁《ひんぱん》に行われていたようです。被害を受けた町や村はかなりの数に上ります」

どうやらクリントンは、ライトレスの領地で随分《ずいぶん》と好き勝手やっていたらしい。

「……監査《かんさ》はどうなっている」

代官役人が不正を行っていないか、定期的に監査官《かんさかん》が派遣《はけん》されている筈だ。被害の大きさを聞く限り、隠《かく》し通せる様な規模を超《こ》えている様に思えるが。

「恐らくは、その監査官も買収されたかと」

「クソだな」

思えば、辺境の港町にしてはこの屋敷も随分と豪勢《ごうせい》だ。クリントンは重税の上乗せした税で私腹を肥やしていた訳か。

「随分と溜め込《こ》んでいそうだな」

「はい。地下の金庫にかなりの額があるのを確認《かくにん》しました」

もうそこまで見付けたのか？

「証拠は十分です。クリントンはこのまま拘束《こうそく》し、御当主《ごとうしゅ》様に連絡《れんらく》しましょう」

伝書鳩《でんしょばと》で状況《じょうきょう》を報告し、父上の判断を仰《あお》ぐ、か。確かに、それが一番スマートだ。だが、残念ながら話はそれでは終わらない。

ローグベルトに【四魔獣】の一角、海魔ストラーフが存在する限り、魚は捕れない。魚が捕れないと、ローグベルトは通常の税すら払えないだろう。

将来、主人公勢力がどんなイチャモンを付けて俺を殺しに来るか分かったものではない。

ここは確実に、根本的な解決が必須《ひっす》だ。

即《すなわ》ちそれは、海魔ストラーフの討伐《とうばつ》。

「待てカルロス。報告はまだするな」

「はい？　しかし流石にこれ以上は……」

「報告は全てが終わってからだ。俺がローグベルトに来た目的は、まだ済んでいない」

「坊《ぼっ》ちゃん……」

「そう、うんざりした顔をするなカルロス。もう少し付き合え」

不安そうに俺とカルロスを見るクリントン。話し声は聞こえていない筈だが、不穏《ふおん》な雰囲気を感じ取っているのか。

クリントン・フォウ・セルペンテ、か。そうだな、使えるものは使うとしよう。

＊

海魔ストラーフは、【四魔獣】の中でも別段強い方ではない。【魔王】の眷属である【四魔獣】は、いずれも巨大である事が特徴《とくちょう》として挙げられる。

その中でも最も大きいのが海魔ストラーフだ。だが、それは強さに直結しなかった。物語では王国軍の援軍《えんぐん》で来た戦艦と共闘《きようとう》し、勝利を収めている。

主人公達は凶暴化し、大量発生した海の魔物の侵攻《しんこう》を抑《おさ》え、その間に戦艦の砲撃《ほうげき》を海魔ストラーフに当て続けて勝利を収めた。

つまり、海魔ストラーフは、砲撃で殺せるという事。島程《ほど》の大きさでも、所詮《しよせん》は軟体《なんたい》生物という事だ。

だが今、ここに王国の戦艦は無い。我がライトレス家ならば戦艦くらい用意出来るだろうが、父上にどう説明してもご納得《なつとく》頂けるとは思えない。

物語の、将来俺が殺される夢の説明をするか？　平民が国王に昇り詰めると？　無いな、医者を呼ばれて終わりだ。

それに戦艦を動かすという事は、軍を動かすという事。幾《いく》ら俺が侯爵家嫡男でも、出来る事と出来ない事がある。だが、ここは港町。金もある。

やりようは幾らでもあるというものだ。

「クリントン。今、カルロスが貴様の悪行の全ての証拠を押さえたそうだ」

「――なッ!?」

驚愕《きようがく》した様子で狼狽《うろた》えるクリントン。

まあ、カルロスが席を外して三十分も経っていない。

そんなに早く証拠が押さえられるとは思わなかったのだろう。残念だったな、うちのカルロスは優秀《ゆうしゅう》なのだよ。

「そ、それは何かの間違《まちが》いでは……」

俺からじりじりと退きつつ、扉《とびら》の向こうをチラチラと見ている。あからさまだな、まさか逃《に》げられるとでも思っているのか？

「ああ、隣《となり》の部屋に控えていた方々なら処理させて頂きましたよ」

なんでもないかの様に言うカルロス。

「ば、馬鹿な……」

膝から崩《くず》れ落ち、項垂れるクリントン。なんだ、伏兵《ふくへい》を仕掛《しか》けていたのか。カルロスめ、仕事が早いじゃないか。

しかし伏兵ね。その程度で俺やカルロスをどうにか出来ると思っていたのか？　全く、舐められたものだ。

「おやおや、父上への報告事項《じこう》がまた増えてしまったな。勝手な重税に、民への略奪、誘《ゆう》拐《かい》。そして、ライトレス家嫡男である俺に対する……これは、殺人未遂《みすい》か？　他にも突《つ》けば色々と出てきそうだな」

項垂れるクリントンを見下しながら、俺は事実を刺《さ》す様に突き付ける。クリントンはガクブルと身体を震わせるのみで、顔を上げる事すら出来ずにいる。

「これだけあると、貴様個人の罰《ばつ》だけでは済まないだろう。貴様の親も、まさか息子《むすこ》がこんな不祥事《ふしょうじ》を起こすとは思わなかったろうな」

暗に、実家のセルペンテ子爵《ししゃく》家にも責任追及する可能性を示すと、クリントンは顔を恐怖に歪《ゆが》めながら俺の足に縋り付こうとしてくる。

「そ、それだけは、それだけはご勘弁《かんべん》を……！」

「退《さ》がれ無礼者！」

「あぐっ⁉」

が、それすらカルロスに押さえつけられた。クリントンは上から押さえつけられながらも、うわごとの様に「慈悲《じひ》を、慈悲を」と繰《く》り返している。

こいつは本当に貴族なのか？　下民にも勝る無様さだな。そんな愚《おろ》か者に、俺は救いの手を差し伸べてやる。

「クリントンよ、貴様にチャンスをやろう」

人とはどん底に落とされると、判断力が鈍《にぶ》るものだ。それこそ垂らされた糸を無警戒《むけいかい》に掴《つか》む地獄《じごく》の亡者《もうじゃ》の様に。クリントンはゆっくりと顔を上げる。

「ちゃ、チャンス……？」

「そうだ、チャンスだ。何せ貴様は貴族、下民とは違う高貴な血筋だ。多少下民から搾取《さくしゅ》しただけで裁かれるなど、おかしいとは思わんか」

絶望に満ちていたクリントンの顔に、一筋の光が差す。

「……ええ、ええ、仰《おっしゃ》る通りでございます。平民など、搾取されて当然の存在。私は、貴族なのですから！」

息を吹き返した様に立ち上がるクリントン。カルロスは怪訝《けげん》な目で見てくるが、俺はそれを手で制す。今は黙《だま》っておけ。

「だが、王国法は絶対だ。このままでは貴様は牢獄《ろうごく》行きだろう。俺もこれだけの証拠が揃《そろ》って見て見ぬ振りは出来ん。だから……チャンスをくれてやる」

「お、おお、なんと慈悲深《じひぶか》い……して、私は一体何をすれば？」

「貴様が先程話していたローグベルトの魔物被害《まものひがい》……それを解決するのだ」

「は……？　しかしそれは住民共の苦《くる》し紛《まぎ》れの嘘……」

「嘘かどうかは問題じゃないのだ、クリントン。重要なのは、ローグベルトから救援要請《きゅうえんようせい》があり、それに応えたという体裁《ていさい》だ」

「体裁、ですか」

　俺の言葉に、クリントンは顎に手を当て考える。

「魔物が存在しようがしまいが、クリントン・フォウ・セルペンテが海の魔物を討伐したと、この俺が父上に報告すれば、それが事実となる」

　そう、真実は重要じゃない。全ては俺の言葉一つだ。

「つまり俺の言葉一つで、貴様は民を虐《しいた》げた罪人にも、ローグベルトを救った英雄《えいゆう》にも成り得るという事だ」

「……！」

　クリントンは天啓《てんけい》を得た様に目を見開いた。

「だが、俺の言葉にも裏付けが必要だ。貴様にも動いてもらうぞ」

「裏付け……私は、何をすれば……？」

「魔物討伐《まものとうばつ》の実績を偽装《ぎそう》するとなると、俺の言葉だけでは流石に弱い。だから、貴様には戦力を動かした、という事実を残してもらう」

　俺は羊皮紙にさらさらとメモを書き、クリントンへ放り投げる。クリントンは慌てたようにそのメモを拾い上げた。

「そのメモに記した戦力を今日中に準備しろ」

　メモには人員、大量の火薬、大砲《たいほう》、武器、船、……等、海魔ストラーフを討伐するのに必要な物品を書き記した。

クリントンはメモに目を通すと、その顔を引き攣《つ》らせる。

「ろ、ローファス様……兵士の方は傭兵を掻《か》き集めればなんとかなりますが、武器や大砲、果ては船とまでなると今日中という訳には……」

狼狽えるクリントン。しかし、この兵力は最低限必須。架空《かくう》の魔物ではなく、海魔ストラーフを討伐せねばならないからな。

妥協《だきょう》は一切《いっさい》許さない。

「駄目《だめ》だ。今日中に必ず用意しろ。明日出立するからな」

「魔物などいないのです。この戦力はいくらなんでも過剰《かじょう》では……？」

「その位の戦力を動かさねば説得力に欠ける。それに、明日以降となると父上の介入が入るやも知れん。そうなると流石に庇《かば》えんぞ」

「う、うーむ……」

悩《なや》むように唸《うな》るクリントン。こいつ、まさか自分に選択肢《せんたくし》があるとでも思っているのか？

「そうか。嫌《いや》なら良いぞ。父上には貴様の事を嘘偽《うそいつわ》り無く報告するとしよう。次に会う時は法廷《ほうてい》かも知れんな」

「なっ⁉　お、お待ちを！」

「ならば急げ。貴様が培《つちか》ってきた人脈と溜《た》め込んだ金を全て注《そそ》ぎ込んででも準備しろ。ライトレス領の民から随分と絞《しぼ》り取ったのだろう？　出来ないとは言わせんぞ」

「い、急ぎ準備致《いた》します……！」

凄んでみせると、クリントンは震えながら部屋から出て行った。

外からはクリントンが部下に指示を出す声や、ばたついた足音が聞こえてくる。この屋敷は賑《にぎ》やかだな、随分と切羽《せっぱ》詰《つ》まっているらしい。

「逃亡《とうぼう》を謀《はか》る恐れは？」

ふと、カルロスが目を細めてそんな事を聞いてきた。

「クリントンがか？　無いな。奴《やつ》は今どん底には居ない。垂らされた救済の糸を手繰《たぐ》るのに夢中だ」

まあ、確かに逃げる可能性はゼロではない。対策は立てておくか。

「――招魔《ラーク》」

俺は手の上に使《つか》い魔《ま》を召喚《しょうかん》する。手の平に乗る程の大きさの、黒い毛玉だ。真紅《しんく》の単眼がぱちくりと瞬《まばた》きしながら、命令を待つ様に俺を見ている。

「クリントン・フォウ・セルペンテを監視《かんし》しろ」

使い魔は俺の言葉を聞くと、手の平の上で跳《と》び上がり、そのまま霧《きり》となって姿を消した。

クリントンの下へ向かったのだろう。これで何か異変があれば連絡が来る筈だ。

＊

さてさて、その日の夜。俺はクリントンの屋敷で豪勢な食事でもてなされた。今晩泊まる部屋も用意してくれている。

その辺の宿屋よりは質の良い部屋に泊まれるだろう。住民から不正に絞り取っていただけあって、本都の高級レストランにも引けを取らない食事だ。

港町だというのに、魚料理が少ないのはやはり魔物被害の影響か。クリントンからは、晩餐《ばんさん》の席で報告を受けた。

俺の要求したものは全て準備出来たとの事だ。カルロスによると、地下の金がごっそり無くなっていたそうだ。金にものを言わせたか。

「よくやった、クリントン。これで明日には、貴様はローグベルトを救った英雄だ」

「いえいえ、身を削《けず》った甲斐《かい》があるというものです」

クリントンは若干《じゃっかん》げっそりしていた。

「大砲や火薬の納品、よく間に合ったものだな」

火薬は兎《と》も角《かく》、大砲や砲弾《ほうだん》は港町の商人から数を調達するのは難しいと思うが。という
より、国内の兵器の売買は王国法で禁止されているからな。
まあ、だからこそ人脈を使えと言ったのだがな。住民を拉致《らち》していたという事は、人身
売買に手を出していた可能性が高い。
そう言った闇市《やみいち》等にも精通しているだろうからな。
「半数はうちで常備していたものを掻き集めました。残りはあまり大きな声では言えませ
んが、裏のルートで……」
「ふん、しっかり準備出来たのだ。細かい事を突っ込んだりはせんさ」
クリントンは深々と頭を下げる。今回はそれのお陰《かげ》で戦力を揃えられた訳だし、今は追
求しない。しかし我《わ》がライトレス領に後ろ暗い害虫が巣食っているのはしかと理解した。
事が全て済んだら潰すとしよう。
「それと、これをお納め下さい」
クリントンが合図すると、扉が開いてガラガラと荷台が入ってきた。使用人が荷台に掛
けられた黒布を取り払《はら》う。そこには大量の金貨が積まれていた。
「……なんだ、これは？」
「ローファス様には今回、お慈悲を頂きましたので。無論、この程度でお返し出来るとは

考えておりません。今後も私に出来る事があれば、何なりとご命令下さい」

クリントンは顔に張り付いた様な笑《え》みを浮《う》かべる。なるほど、口止め料か。

今回奴は、俺に弱みを握《にぎ》られた形になった訳だからな。かなりの額だな、どうせ後ろ暗い金だろうに。

「ふん、まあ貰《もら》っておこう。良い心掛《こころが》けだ」

適当に喜びそうな言葉を掛けてやると、クリントンはほっとしたような笑みを浮かべる。

そうして笑っていられるのも今のうちだ。

どうせ明日、クリントンは海魔ストラーフとの戦いで死ぬ予定なんだからな。

*

早朝、俺は複数の船を率いてローグベルトまで来ていた。船の帆《ほ》には太陽を喰《く》らう三日月の紋章、ライトレスの家紋だ。

ローグベルトに辿り着くまでに、何度か海の魔物の襲撃《しゅうげき》があった。海の魔物と言っても所詮は雑魚《ざこ》。

俺が魔法を振《ふ》るうまでもなく、カルロスによって刺身《さしみ》にされていた。それはローグベルトに近付く程に頻度《ひんど》が高くなる。

後ろに続く船ではクリントンの私兵が応戦していたが、ローグベルトに着く頃《ころ》にはかなり疲弊《ひへい》した様子だった。連戦とは言え、この為体《ていたらく》か。

魔物との戦いに慣れていないのか、練度が低いのか。略奪する時には随分と手慣れた様子だったのにな。本番はこれからというのに、先が思いやられる。

海魔ストラーフは、眷属の軟体類の魔物を大量に生み出す性質があった。

物語では、主人公勢力は主に、その無数に襲いくる軟体類の魔物の相手をし、その間に本体のストラーフを砲撃するという戦法で勝利した。

今ローグベルトで起こっている海の魔物の凶暴化や大量発生は、恐《おそ》らくこのストラーフの眷属の事だと考えられる。

クリントンに準備させた私兵共には、この眷属共の相手をしてもらおうと思ったのだが……思いの外私兵共は使えそうにない。

まあ、最悪俺とカルロスが居れば眷属程度なら問題はないだろうがな。

少し気になる点があるとすれば、先程《さきほど》から襲ってくる魔物共の中に、そのストラーフの眷属の姿が見当たらない事か。

魔物の種類は様々で、全身鱗《うろこ》に被《おお》われた半魚人《マーマン》や、頭の先がナイフの様に鋭《するど》い剣魚《ソードフィッシュ》、中には巨大《きよだい》なウミヘビである海洋竜《シーサーペント》の様な大物も出た。

船員によると、いずれも航海中に時折遭遇《そうぐう》する魔物だそうだが、ここまでの頻度で襲撃を受ける事はあり得ないとの事だ。

そして、襲ってくる魔物の様子を見て幾らなんでも好戦的過ぎる、凶暴化している、と。

物語の海魔ストラーフ戦において、海で大量発生していた魔物は、ストラーフの眷属である軟体類の魔物であり、通常の海の魔物ではなかった。

通常の海の魔物が凶暴化していた訳ではなかったのだが。

「ふむ……」

この、物語との差異はなんだろうか。或《ある》いはこれは、海魔ストラーフではなく、全くの別の要因で海に異変が起きているのか？

俺が一抹《いちまつ》の不安を覚えながらも、船は進みローグベルトに辿り着く。因《ちな》みにクリントンは後続する船に付いて来させている。

ローグベルトには俺とカルロスだけで降りる事を念話で伝え、船に引きこもってもらう事にする。ここでクリントンを出すと、また村で暴動が起きかねないからな。

カルロスを伴《ともな》って船を降りる。そこにいの一番に駆《か》けて来たのは、額に十字傷のある厳《いか》つい男、船乗りの頭目をやっているグレイグだった。

「ぼ、坊主《ぼうず》⁉　こ、こりゃ一体どういう事だ……？」

その手には銛《もり》を持っている。まあ、複数の船が貴族の家紋を掲《かか》げてやってくれば、警戒《けいかい》もするか。

「どうもこうもない。魔物の討伐に来ただけだ」

「は⁉　な、なんで坊主が……？」

「魔物被害が激しいそうじゃないか。それで魚の入りが悪いんだろう」

「あ、ああ……確かにそうだが。じゃあ何か、この船は魔物退治の為に来たってのか……⁉」

船を見て驚愕するグレイグ。

「戦闘《せんとう》は激しくなる見込《みこ》みだ。ここまで被害が及ぶ危険がある。貴様は村人を避難《ひなん》させておけ」

「なっ⁉　そりゃ本当か！　分かった、これから直《す》ぐに――」

グレイグが踵《きびす》を返そうとした瞬間《しゅんかん》、木椀《もくわん》が俺を目掛《めが》けて飛んで来た。木椀は後ろに控えていたカルロスが何なく手で払い落とし、海に落ちる。

木椀が飛んで来た方を見ると、そこにはバンダナを頭に巻いた目付きの悪い少年が居た。見た感じ歳の頃は十四、五歳。敵意剥《む》き出しで俺を睨《にら》みつけている。

カルロスは目を細めて剣に手を掛け、俺《おれ》はそれを制止する。ローグベルトは礼儀《れいぎ》も知らん蛮族《ばんぞく》の村だ、いちいち反応していては日が暮れる。

グレイグは少年を見ると、目を見開いて怒鳴《どな》りつけた。

「フォル！　テメエ何やってる⁉　この坊主はローグベルトの恩人だぞ！」

その恩人で、しかも貴族の俺を坊主呼ばわりはいい加減やめろ。不敬罪だぞ。

「親父《おやじ》の方こそ、なんで貴族なんかの言う事を信じてんだ？　何が避難だ。どうせその隙《すき》に、無人になった村で略奪する気なんだろ⁉」

「馬鹿な事言ってんじゃねえぞフォル！　この坊主はクリントンの奴とは違《ちげ》ぇんだよ！」

なんて品の無い言い合いだ、まるで山猿《やまざる》同士の喧嘩《けんか》だな。因みにそのクリントンならこの船に居るぞ。

面倒《めんどう》な事になりそうだから口にはせんがな。俺が呆れた目で見ていると、フォルとやらは再び俺を睨む。

「よお、お貴族様よ。オレ達が居ない間に村を救ったとか聞いたが、オレは騙《だま》されねえぞ。観念して本性《ほんしょう》出しやがれ!!」

ぎゃーぎゃー喚《わめ》くフォルとやら。随分と貴族に敵意を持った猿《さる》だな。

「おいグレイグ。あれは貴様の子か？　躾《しつけ》のなっていないガキだな」

「あ、ああ……三人兄弟の末っ子だ。気を悪くしただろ、本当にすまねえ」

「俺達《おれたち》が居ない間に、とか言っているが？」

「俺の息子共含《ふく》め、村の一部の腕《うで》の立つ若《わか》い衆《しゅ》は、定期的に魔物の駆除《くじょ》に出払《ではら》ってんだ。じゃねえと、増えた魔物が村まで来ちまうからな。昨日のクリントンの兵の襲撃は、丁度あいつ等が出てた時のもんでよ」

「ほう……」

魔物の駆除をしているのか。魔法も扱《あつか》えぬ下民風情《ふぜい》が魔物を……剛胆《ごうたん》な事だな。

俺がフォルを無視してグレイグと話していると、フォルは何処《どこ》からか取り出した木の棒を構え、地面を蹴《け》る。そして次の瞬間には目の前に居た。

「……………は？」

「──無視、してんじゃねえよ」

突然《とつぜん》の事に呆気《あっけ》に取られていると、フォルはそんな俺に容赦《ようしゃ》なく棒を振るう。が、これを後ろに控えていたカルロスがレイピアで受けた。

「──チッ」

舌打ちをするフォル。俺を挟《はさ》んでのフォルとカルロスの暫《しば》しの鍔迫《つばぜ》り合い。それを遮《さえぎ》ったのは、グレイグだった。

「何やってんだてめえっ!!」

「ぐえっ⁉」

怒声《どせい》を上げたグレイグがフォルの脇腹《わきばら》を蹴り上げ、フォルは放物線を描《えが》きながら海に落ちた。フォルは海から顔だけ出すと、またぎゃーぎゃー喚いている。

普通《ふつう》なら貴族を殴《なぐ》り付けようなんて言語道断。

本来なら俺が手ずから処刑《しょけい》する所だが、ここローグベルトは言葉も通じない猿が住民の大半を占《し》めているのは、昨日把握《はあく》している。

これが自分と同じ人間相手なら腹も立つが、言葉も通じぬ畜生《ちくしょう》相手なら仕方ないと割り切れるというものだ。野生の猿が粗相《そそう》をするのも知能の低さ故だからな。

しかし如何《いか》に猿と言えど、フォルの動きは目で追えぬ程速かった。平民故魔力《まりょく》は無い筈だが、身体能力に秀《ひい》でているのか？

流石《さすが》は魔物駆除《まものくじょ》を任されるだけある。

「坊主！　本当にすまねえ！　なんて詫《わ》びたら良いか……！」

頭を下げるグレイグを、俺は寛大《かんだい》に許してやる。

「構わん。今更《いまさら》、貴様等に貴族に対する礼儀なんて期待していない」

「いや、礼儀以前の問題だ。フォルは普段《ふだん》は、あんな誰彼《だれかれ》構わず人を殴る様な奴じゃないんだが……」

「随分な敵意だな。奴とは初対面の筈だが。俺が貴族だからか？」

「少し前に、フォルの幼馴染《おさななじみ》がクリントンの私兵に拉致《らち》されてな。助けようとはしたが……以来、貴族を恨《うら》んでんだ。無理な話だろうが、出来れば悪く思わねえでやってくれ」

「そうか」

まあ、よくある話だな。特に興味も無いが。

「それでグレイグ、その魔物駆除をしている若い衆とやらは、皆《みな》があのガキの様に強いのか？」

クリントンの私兵が思いの外使えそうにないからな。フォルの身体能力は目を見張るものがある。使えそうなら連れて行きたい。

「フォルの奴は別格だが、他の連中も腕が立つぞ。坊主が良ければ連れて行ってくれ、きっと役に立つ」

話が早いな。

「だが、指示に従うのか？　あんな跳《は》ねっ返り、幾ら腕が立つと言ってもな……」

あのフォルの様子からして、とても指示に従う様には見えない。他の連中もこんな感じなら、連れて行っても邪魔《じゃま》になるだけだ。

「それは問題ねえ。他の奴らは、坊主の事を悪く思ってねえよ。なんせ、リリアちゃんを助けてくれたんだからな」

リリア？　……ああ、あの宿屋の娘《むすめ》か。

「ちょいと待っててくれ。今、呼んでくるからよ」

そう言ってグレイグは村に戻《もど》り、ぞろぞろと屈強《くっきょう》な男達を率いてやって来た。

人数は十人程、栄養不足からか皆やや痩《や》せているが、どれもフォルより背が高く、体格が良い。フォルは別格とか言っていたが、こいつら本当にフォルよりも弱いのか？

俺を見た男共の反応は様々だが、どれも比較的《ひかくてき》好意的なものだ。

「お、その坊主がリリアちゃんを助けてくれた貴族様か！」

「思ったよりちっせえな！」

「兵士共を全滅《ぜんめつ》させたっつうから、どんな大男かと思ったぜ！」

やはりというべきか、礼節の欠片《かけら》も知らん猿共らしい。どういう環境《かんきょう》で育てばこんな知性の感じられない人間が出来るのか。

駄目だな、やはりここに居ると頭が痛くなってくる。

「おい！　そいつは貴族だぞ⁉　何を仲良くお喋《しゃべ》りしてんだテメエ等！」

海から這《は》い上がって来たフォルが喚きながら近付いて来た。ああ、また頭痛の種が戻って来た。

「テメエは少し黙ってろ！」

と、ここでグレイグの渾身《こんしん》の拳骨《げんこつ》がフォルに命中した。涙目《なみだめ》になり頭を押さえるフォル、それを笑う男共。

「茶番は終わりにしてくれ。魔物討伐の話だ」

俺の言葉に、グレイグや男共は顔を引き締《し》める。

「これより、船団を率いて海の魔物の掃討《そうとう》を開始する。成功すれば、魔物被害も無くなり、前の様に魚が捕《と》れる様になるだろう」

男共は「おぉ」と、感心した様な声を上げる。

「……が、思いの外連れて来た兵士共が役立たずでな。海上での戦いに慣れた貴様等の手を借りたい」

まあ、別にこいつ等の助けが無くとも魔物を殲滅《せんめつ》する位訳無いが、手が多い方が楽だからな。或いは被害が出る可能性もあるが、別に下民が何人死のうがどうでも良い。

本当にどちらでも良かったのだが、男達《たち》の反応は良好だ。

「行くに決まってる！」

「俺達ローグベルトの問題だからな」

「こんな子供に全部任せちゃ、男が廃るってもんよ！」

口々に意気込《いきご》む男達の中から、一際《ひときわ》大きな男が前に出て来た。頬《ほお》に十字傷のある厳つい顔。グレイグに似ているな、奴の息子か？

「勿論《もちろん》行くとも。むしろ手伝わせてくれ、きっと役に立つ。ここらの海は俺達の庭だ」

握手《あくしゅ》を求める様に図太い手を差し出してくる大男。俺は握手には応じず、じろりと男を見上げる。

「貴様もグレイグの子か？　名乗りもしない無礼な所がよく似ている」

「おっと失礼、田舎者《いなかもの》なもんでね。頭目グレイグの長子、船乗り共の若頭《わかがしら》のログだ」

やはり奴の子か。常套句《じょうとうく》まで似ているとは、うんざりするな。趣味《しゅみ》の悪い十字傷まで似せる必要は無かろうに。

「直ぐに立つ。付いてくるなら船に乗れ。ログとやら、貴様は俺と来い」

ログを連れて船内に入ろうとした所で、グレイグに羽交締《はがいじ》めにされているフォルが尚《なお》も喚く。

「待てよ！　貴族が平民の為《ため》に魔物退治？　信じらんねえ、一体何が目的だ⁉　そんな事して、お前に何の得があるってんだ⁉」

……うるさい下民だな。俺が鬱陶《うっとう》しそうに見ていると、ログが頭を下げる。

「悪いな、不出来な身内で」

ああ、グレイグの長子という事は、フォルは兄弟に当たるのか。

「良い。俺も出来の悪い弟を持っているからな」

別邸《べってい》暮らしの俺とは違い、まだ十歳の弟は本邸《ほんてい》で父上、母上と共に暮らしている。魔力量も俺の半分以下、おまけに覇気《はき》も無い出来の悪い弟だ。

そう言えば、物語で俺が殺害された後は、弟がライトレス侯爵《こうしゃく》家の後継者《こうけいしゃ》となっていた。そしてあろう事か、主人公勢力に協力する始末だ。

あんな覇気の無い奴が後継《こうけい》となっては、ライトレスに繁栄《はんえい》は無い。ライトレス家の為にも、やはり俺が継《つ》ぐのが正道だ。

「坊ちゃん、大人になられましたな……」

カルロスがしみじみとそんな事を口走っている。喚く下民を処刑もせずに見逃《みのが》しているからか？

ふん、俺だって物の分別も理解できん猿を殺す程短気ではない。しかしそんな俺の思惑《おもわく》など知ったことかと、フォルは喚くのを止めない。

「おい、何無視してんだ！　お前だよお前！　澄《す》まし顔の貴族のボンボンが！　このバカ！　アホ！　……チビ！」

……あ？　こいつ今、俺の事をチビと言ったか？

「坊ちゃん……？　ちょ、お待ちを、駄目です……！」

「ぼ、坊主!?」

俺はグレイグに羽交《はが》い締《じ》めにされたフォルに無言で近付き、その胸倉《むなぐら》を掴み上げる。カルロスが縋《すが》り付く様に止めてくるが、知った事ではない。

俺の突然の行動に驚愕し、騒然《そうぜん》とする外野など無視し、俺はフォルに顔を近づける。

「いいか、俺の背が低いのはまだ十二歳だからだ。少しばかり俺よりも背が高いからと図に乗るなよ下民が」

意図せず高密度の魔力が身体から溢《あふ》れるが、それに直に晒《さら》されている筈《はず》のフォルは涼《すず》しい顔だ。

「はっ、漸《よう》くオレを見やがったな。お貴族様は平民なんて見えないのかと思ったぜ」

挑発的《ちょうはつてき》な笑みを浮かべるフォル。かまってちゃんか、救いようのないクズだな。俺は手に特大の暗黒球《ダークボール》を形成する。

「どうやら死にたいらしいな」

「やっと本性出しやがったか。やっぱり貴族はクソだな」

「挑発《ちょうはつ》したのは貴様だろうが」

「挑発されても仕方ねえ位に普段からクソな事やってんだろうが」

「そうか。死ね」

フォルの頭を吹《ふ》き飛ばそうとした所で、カルロスが俺を羽交い締めにしてきた。

「――お止め下さい！　その位置だと他の者まで巻き込みます！」

フォルを羽交い締めにするグレイグは、青い顔で俺を見ていた。

「……チッ」

俺は舌打ち混じりに魔法《まほう》を消す。グレイグは安堵《あんど》するように息を吐《は》き、フォルは笑う。

「なんだ、ビビってんのか？　貴族とはいってもやっぱガキかよ」

「テメエいい加減にしやがれ！」

フォルを怒鳴るグレイグ。追撃《ついげき》する様にフォルに拳骨を喰らわせるログ。涙目になるフォル。……クソガキが。

俺はいつまでも羽交い締めを止めないカルロスに声を掛《か》ける。

「放せ」

「駄目です」

「もう魔法は使わん。良いから放せ」

「……御意《ぎょい》」

　カルロスはあっさり俺を解放した。俺はフォルを睨む。

「おい小僧《こぞう》。貴様が貴族にどんな恨みがあろうが、その背景にどんな事情があろうが、知った事じゃない。もっと言えば興味も無い」

「んだとテメエ！　元はと言えばテメエ等貴族が――」

「知るか。己《おのれ》に降《ふ》り掛かった理不尽《りふじん》を他所《よそ》様に当たるな。俺はこれから貴様の村を救ってやると言っているんだ、その邪魔をするな」

「……信用出来ねえ。んな事して、お前に何の得があんだよ？」

　俺はそれはそれは深い溜《た》め息《いき》を一つ。

「……碌《ろく》に教育を受けてない猿に言っても仕方無い事だが、説明してやる。いいか、海の魔物《まもの》の活性化で被害《ひがい》を受けるのはローグベルトに限った話ではない。放っておけば、漁業以外にも船で海を渡《わた》る商業船が襲《おそ》われるだろう。そうなれば、ライトレス領が受ける経済的打撃《だげき》は計り知れない。そして、その被害はライトレス領に留《とど》まらず、王国全土に及《およ》ぶ可能性もある。魔物が上陸すれば、人的被害も出る」

　俺はおつむの足りない猿の為に、懇切丁寧《こんせつていねい》に説明してやる。

「そんなものは少し考えれば分かるだろう。信用がどうとか、そういう話ではないのだ」

「……？」

俺が捲《まく》し立てる様に言うと、フォルはよく分かってない様な顔で小首を傾《かし》げている。

……いや、これは半分も理解していないな。

これだから学も無いのに突っ掛かってくる馬鹿は嫌《きら》いなんだ。俺は溜め息を一つ吐き、この猿にも分かりやすい様に話を要約してやる。

「これは損得ではなく、利害の話だ。魔物を放っておけば害を受けるのはライトレス領。魔物討伐は貴様等の為ではない。ライトレス領――ひいては俺の為にやっている。勘違《かんちが》いするな下民が」

それだけ言ってやると、フォルは不貞腐《ふてくさ》れた様に顔を背《そむ》けた。

「……最後の下民ってのは気に入らねえが、魔物討伐はお前が自分の為にやるって事だな。オレ達の為じゃなく」

誰《だれ》がお前だ殺すぞ下民。

「ならまあ、理屈《りくつ》は分かった。その身勝手な所は確かに貴族らしいし、嘘《うそ》じゃねぇんだろう」

「……分かったなら黙っておけ」

俺はそれだけいうと、今度こそ船に乗り込《こ》む。後ろからは気まずそうなログを筆頭に、男共がぞろぞろと船に乗り込んでいく。

俺の後ろに続くカルロスは、ハンカチで汗《あせ》を拭《ぬぐ》っていた。

「よく我慢《がまん》されましたな。よもやあの若者をあの場で処刑するやもと、肝《きも》を冷やしておりましたが」

ああ、俺も今回はマジで殺す所だったよ。だがグレイグごと殺すと、ローグベルトそのものと敵対する事になりかねなかった。

それは流石に面倒だからな。しかし、物語のローグベルトにフォルなんて奴居たか？ あれだけ強烈《きようれつ》な性格で腕が立つような奴なら、海魔《かいま》ストラーフ戦にも出張って来そうなものだが。思い返しても、フォルなんてガキは居なかった筈だ。

或いは、ここ三年で死ぬか、何かしらの事情でローグベルトから離《はな》れるのか。いやしかし、フォル？ 何処かで聞いた様な気も……。

そんな事を考えながら男共を連れ、船の甲板《かんぱん》に出た所で軽快な足音がドタドタと鳴り響《ひび》いた。音の方へ視線を向けると、桟橋《さんばし》側から人影《ひとかげ》が跳び上がる。

人影はそのまま、甲板の中央に着地し、すとんとあぐらをかいて座《すわ》った。フォルだった。

「魔物討伐が本当なら、オレも行くわ。お前等だけじゃ頼《たよ》りねえしな」

腰《こし》に下げた愛用の舶刀《カットラス》を床《ゆか》に投げ出し、その場にくつろぎだすフォル。

驚異的《きよういてき》な跳躍力《ちようやくりよく》だとか、どんな運動能力だとか、色々と思う所はあったが、それよりも苛立《いらだ》ちが先に来たのは仕方の無い事だろう。

俺はローグベルトを指差し、フォルを睨む。

「降りろ」

「ヤだよ。お前言ってたろ、利害ってヤツだよ」

「さっき知ったであろう言葉を、然《さ》も当前の様に使うな猿が」

「誰が猿だ!?　お前の方がチビだろうが！　チビ！」

「……殺す」

俺はフォルに掴み掛かった。


そんなこんなで、甲板で勃発《ぼっぱつ》した俺とフォルの殴り合いをカルロスや男共が総出で止めに入ったり、ログがフォルに強烈な拳骨をぶちかました後、俺にフォルの強さや有能な点をプレゼンしたりと一波乱あった。

グレイグは村に残り、住民の避《ひ》難誘導《なんゆうどう》に当たっている様だ。何故《なぜ》フォルを押《お》さえておかなかった、あの役立たずめ。

こうして、生涯《しょうがい》忘れる事が出来ない航海が始まったのだった。

03 ✦ 魔の海域

ローグベルトを出航し、北に向けて半日程《ほど》船を進めた。海の魔物の襲撃は過激さを増し、後続する船のクリントンの私兵共はかなり疲弊している様子だ。

比べてローグベルトから連れて来たログ率いる船乗り共はどこ吹く風《かぜ》だ。手慣れた様子で淡々《たんたん》と魔物を処理していく。

船乗り共は敢《あ》えて戦力を分けず、俺の乗る本船に留めている。

クリントンの私兵と共闘《きょうとう》出来るとは思えないし、何より船室に隠《かく》れているとは言え、クリントン本人とかち合うと面倒な事になるからな。

当のクリントンからは、念話で弱音が飛んでくる。

『ろ、ローファス様ぁ！　ま、魔物が、魔物がこんなに……！　撤退《てったい》しましょう、今直ぐに！』

「何を今更……」

まさか本当に魔物が凶暴化《きょうぼうか》しているとは思わなかったらしく、襲撃の頻度が増してくるのにビビっているらしい。戦っているのはお前の私兵だけどな。

取り敢えず、逃《に》げ帰《かえ》るならそれでも良いが、その時は俺が魔法で貴様の船を沈《しず》めると脅《おど》しておいた。

貴様に残された道は英雄《えいゆう》か死か、そう説いてやると泣きながらやる気を出してくれたよ。使えない私兵共の管理は任せるとしよう。

ポーションもかなりの量を買い込ませたし、海魔ストラーフに辿《たど》り着くまでに全滅する事は無い筈だ。

「おい、少しはお前も手伝えよ」

持ち前の船刀《カットラス》で剣魚《ソードフィッシュ》を撫《な》で斬《ぎ》りにしながら、フォルがそんな事を言ってくる。

俺は船内からソファを甲板の日陰《ひかげ》に運ばせ、そこでくつろぎながら戦う船乗り共を眺《なが》めていた。俺の直ぐ横にはカルロスが控《ひか》えている。

船乗り共の獅子《しし》奮迅《ふんじん》の活躍《かつやく》もあり、カルロスは暇《ひま》になっていた。たまに討《う》ち漏《も》らした魔物が近付いて来た時に斬《き》り伏《ふ》せる位なものだ。

「手は足りている様に見えるが？」

「こっちは必死こいて働いてんのに、なんでお前だけダラダラしてんだよ」

「はっ、それが貴族と平民の在り方だ。また一つ勉強になったな下民」

「んだとテメエ！」

フォルはこんな感じでたまに絡《から》んでくる。実にうざったいが、魔物を最も多く殺しているのもフォルだ。

その持ち前の身体能力で、瞬く間《またたま》に魔物を切り刻んでいる。グレイグが言っていた別格というのは本当だったらしい。

しかしこの航海もそろそろ終わりだ。物語では海魔ストラーフは、ローグベルトから北に半日船を進めた場所に居た。

そろそろ遭遇してもおかしくない頃だが……姿が見えんな。と、ここで顔色を変えたログが舵取り《かじと》に指示を出し始める。

「待ってくれ、これ以上進むのは駄目《だめ》だ。引き返してくれ」

あ？　ログめ、一体何をやっている？　船が進路を変え始めた所で俺が止めた。

「おい、何を勝手に進路を変えている。元の航路へ戻れ」

「駄目だ。ここから先は魔の海域だ。戻れなくなる」

「魔の海域だと？」

見ると船乗り共は怯《おび》えた様子で北に広がる水平線を眺めている。

「船乗りの伝承だ。この先の海域は船を喰らう悪魔《あくま》が巣食ってる。魔の海域に入った船は二度と帰って来れねぇんだ」

ログは神妙《しんみょう》な顔で北の海を見ている。

「所詮《しょせん》は御伽話《おとぎばなし》だろう。それとも貴様等は、その船喰いの悪魔を見た事があるのか？」

「いや、それは無い……そもそも、俺達船乗りは魔の海域には近づかねぇんだ」

歯切れが悪くそう言うとログは目を逸《そ》らした。他の船乗り共も目を合わせようとしない。

「坊《ぼっ》ちゃん。伝承が事実かは置いておいて、ここら一帯の海域が危険とされているのは事実です。それ程距離《ほどきょり》の無いステリア領との交易が出来ないのはそれが理由ですので」

カルロスがそっと耳打ちして来た。

北方のステリア領、か。北の国境に面した、海と雪の山脈に囲まれたステリア辺境伯《はく》の領地だな。確かあそこは、四天王の一人である【竜駆《りゅうが》り】のヴァルムの故郷でもある。

ライトレス領とはそう遠くなく、十分に交易出来る距離《きょり》だが、その魔の海域とやらの所為《せい》で航路が確保出来ていないのか。

魔の海域の、船喰いの悪魔ね。超大型《ちょうおおがた》の船喰いクラーケンである海魔ストラーフこそが、正しくその悪魔なんじゃないか？　出現するのも、丁度魔の海域らしいしな。

「進路変更《へんこう》は無しだ。どうやら魔物の活性化は、その悪魔とやらが原因らしい」

「……本当なのか？」

困惑《こんわく》するログ、船乗り達の顔色も良くない。そんなに魔の海域が恐《こわ》いのか？

「事実だ。それを討伐《とうばつ》する為に、これだけの戦力を用意したのだからな」

「いや、待ってくれ……俺達は魔物の討伐と聞いて……。まさか、魔の海域の悪魔と戦うなんて……」

顔を青くし、狼狽《うろた》えるログ。見た事も無いものをそこまで恐がるとはな。図体《ずうたい》がでかい割に、肝の小さい男だ。

「なあおい。船喰いの悪魔を殺せば、前みたいに魚が捕れるようになんのかよ？」

船刀《カットラス》を肩《かた》に担《かつ》いだフォルが、そんな事を問うてきた。

「最初からそう言っているだろう」

そう返してやると、フォルは拳《こぶし》を鳴らし、好戦的な笑みを浮かべる。

「そうか、ならやるしかねえよな――悪魔殺し」

「ま、待て、馬鹿かフォル！　三百年前から魔の海域に居座《いすわ》る船を喰う化物だぞ⁉　勝てる訳ねえだろう⁉」

ログが止めようとするが、フォルに恐怖《きょうふ》の色は無くどこ吹く風だ。

「ああ？　兄貴もテメエ等も、伝承如きにビビり過ぎなんだよ。そのでけぇ図体は飾《かざ》りか？」

「フォル！」

また山猿同士の喧嘩か、とその言い合いを眺めていると。船が——否、海が大きく揺《ゆ》れた。

大きく波立ち、そして巨大な柱が何本も出現し、本船を囲むように並び立つ。その柱の数は六本。

巨大な吸盤《きゅうばん》が無数に付いたそれを、軟体《なんたい》類の触手《しょくしゅ》と認識《にんしき》するのに然程《さほど》時間は掛からなかった。間も無く巨大な触手は、本船を包み込むように迫《せま》ってきた。

「——ッカルロス！」

「分かっています！」

俺の呼び掛けに即座《そくざ》に反応したカルロスは、マストまで駆け上がると迫る触手に向けてレイピアを振るう。

魔力の乗った剣は空を切り、飛ぶ斬撃《ざんげき》と化す。カルロスは無数の飛ぶ斬撃を放ち、触手の一本を切断した。

「——《暗黒鎌《ダークサイス》》」

俺は手の中に暗黒の大鎌を生み出し、触手に向けて振るう。巨大な漆黒《しっこく》の斬撃が触手を飲《の》み込み、二本の触手をまとめて両断した。残る触手は三本。

触手二本を失っても、構わず振り下ろされる三本の巨大な触腕《しょくわん》。

「――《暗黒壁《ダーククリフ》》」

俺は続けて、本船を覆《おお》うように、巨大な暗黒の壁を作り出した。膨大《ぼうだい》な魔力を注いで作り出された暗黒の壁は、容易《たやす》く三本の触手を弾《はじ》き返した。

弾《はじ》かれた触手は、諦《あきら》めたように海の中へ引っ込む。

「うあああ！」

遅《おく》れて発せられる船乗り共の悲鳴。混乱と恐怖に駆られた船乗り共。この様子では、俺がどれだけ指示を出しても届かないだろう。

貴族とはいっても、奴《やつ》らからすれば俺は外様《とざま》だからな。俺は船の隅《すみ》で蹲《うずくま》っているログを魔力で強化した腕力《わんりょく》で引っぱり起こし、その顔面を引っ叩《ぱた》く。

驚《おどろ》いたように俺を見るログ。一瞬《いっしゅん》だが、恐怖が薄《うす》れた。やはり恐怖を忘れさせるには、痛みを与《あた》えるのが最適だな。

「おい貴様、若頭なんだろう。死にたくなかったら男共をまとめろ。今混乱した状態が続けば貴様を含め皆死ぬぞ」

「――う、わ、分かった」

冷静さを取り戻したログは、男共のまとめに走った。続いて腰を抜《ぬ》かしてへたり込んでいるフォルの尻《しり》を蹴り上げてやる。

「んぎゃ!?　て、てめ、なにしやがっ……!?」

「悪魔殺しはどうした、下民。ビビっている暇があったら剣でも構えておけ。直ぐに次が来るぞ」

「び、ビビってねえ、ビビってねえぞ!?　ちょっとだけビックリしただけだ！」

と、ここで、海から飛び上がり、俺に向けて突《つ》っ込んできた剣魚《ソードフィッシュ》をフォルが船刀《カットラス》で払《はら》い除《の》ける。

「ちっ、魔物もいやがんのかよ」

「……意外だな。貴様が俺を守るとは」

「ああ、命の恩人だな。生涯懸《しょうがいか》けて感謝しろよ」

更《さら》に海から飛び出てフォルに襲いかかる半魚人《マーマン》を、俺は暗黒球《ダークボール》で消し飛ばしてやる。

「困ったな、俺も命の恩人になってしまった。何だったか、生涯懸けて感謝するんだったか？」

「ああー！　嫌《いや》みな奴だな！」

フォルは喚きながらも、次々と船に上がってくる魔物を斬り伏せる。怯え混乱していた船乗り共も、ログの指揮の下、少しずつ魔物への迎撃《げいげき》を始めている。

まだ怯えから立ち直れない者も居るので、たまに魔法で援護《えんご》してやる。全く、使えん下民共だな。

いっその事このまま見捨ててやろうか。その後も船に巻き付こうと海から現れる巨大《きょだい》な触手を、俺の魔法とカルロスの剣技《けんぎ》で切り飛ばしていく。

この巨大な触手、一体何本あるのか。既《すで》に七、八本は切っているのに、次々と海から出てくる。タコは八本、イカは十本とかじゃなかったか？

そうこうしていると、クリントンから念話が届く。

『ろろろ、ローファス様！　これはどういう事ですか⁉』

「どうもこうも無い。魔物の襲撃《しゅうげき》だ。魔法で対処しろ」

『む、無理です！　こんな化物が居るなんて、聞いていない！』

「騒《さわ》ぐな。仮にも貴族ともあろう者が情けない」

『兎《と》に角《かく》、我々は撤退しますので！』

「……貴様、この状況《じょうきょう》で逃げると？　俺が手ずから沈めてやろうか？」

『……そんな余裕《よゆう》がおありで？　私の事よりも先《ま》ずは、ご自身の身を案じられては？　命あっての物種ですので。それではこれにて失礼します』

クリントンはそう言い残すと、一方的に念話を切った。後続の船を見ると、本船を残し

て既にかなりの距離まで撤退しているのが見えた。

「ちっ」

苛立ちから舌を鳴らす。クリントンめ、安全圏《あんぜんけん》に入ってから念話してきたか。

船の撤退も、巨大な触手に気を取られて気付かなかったな。というか、奴に付けている使い魔は何をしているのか。どいつもこいつも使えんな、クソが。

「……やられましたな」

カルロスが魔物を斬り伏せながら言う。

「あのゴミの処分は後だ。今はこの軟体生物の処理をする」

「これが船喰いの悪魔……正体はクラーケンでしたか」

「……どうだかな」

「坊ちゃん？」

「いや、仕留めれば分かるだろう」

俺は触手の追撃が止《や》んだタイミングで、船の上空に暗黒の巨大な槍《やり》を作り出す。暗黒槍《ダークランス》は中級魔法だが、俺の膨大な魔力を注《そそ》ぎ込めば規格外の威力《いりょく》を生む。

その威力は、下手な上級魔法をも凌《しの》ぐ程だ。船の下にそこそこ大きい魔力を感じる。

触手の魔物の本体はそこだな。俺は甲板で魔物と戦う男共に向けて声を張り上げる。

「総員！　これより魔法を放つ、死にたくなければ衝撃《しょうげき》に備えろ！」

俺《おれ》は言うだけ言って、海の底に居座る本体目掛《めが》け、槍を放つ。

槍が本体に命中した手応えを感じると同時に、命中時に生じた魔力爆発《まりょくばくはつ》の衝撃が巨大な波となって船を大きく揺るがした。

魔物のものと思われる雄叫《おたけ》びが海の底より響き渡る。そして押し寄せる船が横転しそうな程の衝撃。

「加減を知らねえのか馬鹿！　船が沈むぞ⁉」

「坊ちゃん⁉　流石にやり過ぎでは⁉」

フォルとカルロスから批難の声が飛び、それに俺は怒声で返す。

「奴の全容が見えんのだ！　確実に仕留める必要があるだろう⁉　それに加減はした！」

加減を知らんだと？　失礼な、加減していなかったらこの船は破片《はへん》すら残らず消し飛んでいるぞ。

これだけ接近されてはこの程度の威力に留める他なかったし、かと言ってこれ以上威力を落とすと碌なダメージも与えられないだろう。

海魔ストラーフは、何百何千の砲撃《ほうげき》で漸く死ぬ程の驚異的な耐久力《たいきゅうりょく》を誇《ほこ》る。下手に威力の低い魔法を当てれば、奴にとっては蚊《か》に刺《さ》されるのと同義だ。

船が大きく揺れた事で、甲板に上がってきていた魔物は軒並《のきな》み海に投げ出された。そして幾人《いくにん》かの船乗りも、ついでの様に放り出される。

……衝撃に備えろと言った筈なんだがな。俺は自分の影《かげ》から複数の暗黒の手を伸《の》ばし、投げ出された船乗り共を掴《つか》み取る。

暗黒腕《ダークハンド》。本来なら扉《とびら》を開けたり、小物を持ち運ぶ程度の雑用に使われる下級魔法だが、俺程《おれほど》ともなれば複数の人間を持ち上げる事も可能だ。

その気になれば、頭を握《にぎ》りつぶしたりといった攻撃《こうげき》手段にも転用する事が出来る。

「あ、ありがとう、ございます」

「死ぬかと……」

暗黒腕《ダークハンド》に逆さ吊《づ》りにされ、間抜《まぬ》けにもそんな事を口走る船乗り共を甲板に投げ返す。

「貴様等！　警戒《けいかい》を緩《ゆる》めるなよ、この程度であれが死ぬ筈がないからな！」

船の揺れが収まり、警戒が緩み掛かっている船乗り共に檄《げき》を飛ばす。

「嘘だろ、まだ生きてるのか……」

「あの馬鹿げた威力の魔法を喰らって……？」

船乗り共の間に動揺《どうよう》が走り、ログやフォル、カルロスは顔を引き締める。

「来るぞ」

再び揺れ動く船。周囲に走る緊張《きんちょう》。徐々《じょじょ》に海面が盛り上がり、巨大な何かが海底より浮《ふ》上《じょう》してくる。漸く本体の登場だ。

荒波《あらなみ》を立てて海面に浮上したそれは、恐《おそ》ろしく巨大。本船よりも二回り程大きな丸みを帯びた真紅《しんく》のそれは、正しく巨大蛸《きょだいだこ》の頭。だが、これは……。

「……いや、死んでね？」

フォルが呟《つぶや》く。

巨大蛸の頭、その中央には大きな風穴が開いていた。魔力《まりょく》の残滓《ざんし》から見ても、間違《まちが》い無《な》く俺が先程《さきほど》放った暗黒槍《ダークランス》で貫《つらぬ》いて出来たもので間違い無いだろう。

巨大蛸の濁《にご》った瞳《ひとみ》に生気は無く、ぴくりとも動かない。ああ、これは完全に息絶えている。

「確かに、死んでいるな」

死んではいる、が……。

「……やはり、ストラーフじゃないな」

こいつは、海魔ストラーフではない。確かにこいつは巨大だ。過去に確認《かくにん》されたクラーケンは、最大の個体でも胴体《どうたい》、触手を含《ふく》めて約三十メートル弱。

それと比較《ひかく》しても、見積もり最低でも五十メートルを超《こ》えるであろうこいつは、規格外の大きさと言って良い。

或《ある》いは、三百年前から魔の海域に居座るという船喰いの悪魔の正体は正しくこいつの事なのだろう。だが、【四魔獣《よんまじゅう》】の一角、海魔ストラーフではない。

ストラーフの大きさは正しく小島。それは浮上した頭の大きさではない。触手も胴体もあまりにも巨大過ぎて、海底から頭が海面に飛び出す程だった。

まあ、弱点である頭をわざわざ海上に晒しているので、そこを砲撃し続けるだけで殺せてしまうのだがな。

それが【四魔獣】最大の体躯《たいく》を持ちながら、そこまで強くないとされる所以《ゆえん》だが。しかし、この特大クラーケンの頭に見られる真紅の体表に、虎《とら》を思わせる縞模様《しまもよう》。

正しく海魔ストラーフの特徴《とくちょう》と一致《いっち》する。或いは、こいつは海魔ストラーフのベースとなった魔物なのかも知れない。

【四魔獣】が出現するのは三年後、物語が開始されてからだ。その間に、何かしらの要因で巨大化《きょだいか》し、海魔ストラーフとなったとは考えられないか？

例えばそう、第一章のラスボスの【魔王《まおう》】ラース、奴の介入《かいにゅう》があった、とかな。

元より【四魔獣】は【魔王】の眷属《けんぞく》とされていたし、その誕生に【魔王】は何かしら関与していると考えるのが自然だ。

「すっげーんだな、魔法って。船喰いの悪魔が一発かよ……」

「おいフォル！　落ちるぞ、戻《もど》って来い！」

「大丈夫《だいじょうぶ》だって！　すげーぜ、兄貴も来いよ！」

見るとフォルが特大クラーケンの死体に乗り移り、まじまじと見ながらはしゃいでおり、それをログが窘《たしな》めている。

「やった、遂《つい》にやったぞ！」

「貴族の坊主《ぼうず》が悪魔を倒《たお》した！」

「流石《さすが》貴族！　いや、お貴族様だ！」

船乗り共も安堵する者や歓喜《かんき》する者で溢れている。全く、現金な奴らだ。

「お見事です。ローファス坊ちゃん」

カルロスもレイピアを鞘《さや》に納め、労《ねぎら》いの言葉を掛けてくる。警戒を緩めるな、と言いたい所だが、特大クラーケンを倒してから、どういう訳か魔物の気配も無い。

どうやら、終わったらしい。終わったのか……本当に？

「……」

海魔ストラーフは居なかった。俺の仮説が正しければ、まだ存在すらしていなかった。

ならば、ここまで出向いた事の発端《ほったん》——魔物の凶暴化、大量発生の原因はなんだったんだ？　魔物の数は魔の海域に近い程多くなっていた。

魔の海域に原因があると見て間違いは無いだろう。では魔の海域に三百年も前から居座るという船喰いの悪魔——特大クラーケンが原因か？

だが、三百年も前から居るのに、今になって急に魔物の凶暴化、大量発生の原因になるだろうか。パズルが噛《か》み合わない様なこの感覚……。

まさか、何か重大な見落としがあるのではないか……？

「あん？　んだこれ……」

フォルが特大クラーケンの死体を見ながら、怪訝《けげん》な声を上げる。

「なんだこれ、何かに喰われたのか……？」

喰われた……？　俺は足に魔力を通し、一息に特大クラーケンに跳《と》び移る。

「どれだ？」

「うわ!?　ビックリした！」

一々うるさい奴だ。フォルに並び、特大クラーケンの全容を見る。改めてよく見ると、丸みを帯びた頭は、一部が大きく欠けていた。

それこそ、フォルが言うように、まるで何かに喰われたかの様に。暗黒槍《ダークランス》で開けた風穴は一つで、この欠けは俺がやったものではない。

それに、傷はある程度塞《ふさ》がっており、昨日今日出来たようなものではない。

「恐らくですが、ここまで大きくなる以前に、外敵に付けられた傷でしょう。このクラーケンを喰らう様な捕食者《ほしょくしゃ》が居るとは考えられません」

後から付いてきたカルロスがそう見解する。ふむ、まあ、そうだよな。普通《ふつう》に考えたらそうだ。だが……。


「……!?」

なんだこれは……。

俺の魔力探知範囲《はんい》に、まるで網《あみ》を食い破るように侵入《しんにゅう》してきた何かが居る。怖気《おじけ》が走る程に高密度で、膨大な魔力反応。

それが猛《もう》スピードでこちらに迫ってくる。

「おい貴様等！　何かが――」

言いかけた所で、魔力反応が俺達《おれたち》の真下を通り過ぎた。

「は……？」

素通《すどお》りした……？

思わず通り過ぎた方向を見る。間も無くして、退却《たいきゃく》した筈のクリントンから念話が届く。

『ローファス様ぁ！　これは一体⁉　お助け――』

それだけ言い残して通信が切れた。それと同時に、クリントンに付けていた使い魔からの救難信号が一瞬だけ届き、直後に使い魔の反応が完全に消失した。

「……………」

なんだ、一体何が起きた？　嫌な汗が流れる。

「急にどうした……って、すげえ顔してるぞ」

「顔色が悪いですな、どうされました？」

フォルが俺の顔を覗《のぞ》き込み、カルロスが心配そうに声を掛けてくる。

「貴様等、直《す》ぐに武器を構えろ。まだ何も終わっていない！」

水平線の向こうより、戦艦《せんかん》の汽笛を思わせる物々しい嘶《いなな》きが響き渡る。直後、俺でも顔を顰《しか》める程の高密度の魔力波が押し寄せてきた。

魔力に当てられた船乗りの半数が気絶して倒れ臥《ふ》し、もう半数が吐いたり、その場に蹲《うずくま》っている。ログは何とか意識を保っているが、かなりキツそうだ。

フォルとカルロスは顔を青くしつつも、武器を構える余裕はあるらしい。

「なんだ、一体何が……」

「坊ちゃん、これは……？」

「知るか。こっちが聞きたい位だ」

何が起きているのか、マジで俺にも分からん。

ただ言える事は、ヤバい何かが現れたという事。取り敢えずログを力ずくで無理矢理《むりやり》立たせ、気付け用のポーションを口に流《なが》し込んでやる。

「ぐぼっ⁉」

目を見開き、むせ返るログ。下民には勿体無《もったいな》い高級品だが、出し渋るものでもない。俺はログに指示を出す。

「男共を船室内に。それと、船が大破する事も考えておけ」

「な⁉　まさか、そんな……」

「やれ」

「──う、うすっ」

短いやり取りだったが、ログは急ぎ足で船乗り共を抱《かか》えて船内に運び始める。そして俺は、フォルとカルロスを見遣《みや》る。

「貴様等、死ぬ覚悟《かくご》は出来ているか」

俺の問い掛けにフォルは好戦的に笑い、カルロスは目を鋭《するど》くする。

「死なねえよ。生きて皆《みな》で帰るんだからな」

「ローファス坊ちゃんのご命令とあらば、この命は迷わず捨てましょう」

各々《おのおの》の回答に、俺は鼻で笑って返す。

「ふん、精々足を引っ張るなよ」

ここで再び、汽笛を思わせる魔物の嘶きが響き渡る。先程の様な魔力波は来ないが、海上にその姿を現した。

海上に跳び上がるように出現した巨大なそれは、そのまま落下せず、宙に留まった。巨大なヒレを翼《つばさ》のように広げ、その巨体《きょたい》はまるで海を泳ぐように空を舞《ま》う。

かなりの距離があるというのに、その巨大さが容易に窺《うかが》える程の体躯。エメラルドグリーンの双眸《そうぼう》が、ギョロギョロと俺達を睥睨《へいげい》している。

その姿は、常軌《じょうき》を逸《いつ》する程に巨大な鯨《くじら》。

「……なんだあれは。知らんぞ、あんなもの……！」

【四魔獣】を遥《はる》かに超える圧力。この距離でもひしひしと感じる馬鹿げた魔力。どういう事だ。

こんな化物、物語には居なかったぞ……！

＊

空を舞い泳ぐ巨大な鯨の魔物《まもの》――【魔鯨《まげい》】。何処《どこ》かで聞き覚えのある雄叫び、そしてこの異様な魔力。

成る程、以前ローグベルトで感じた魔力の正体はこいつだったか。

【魔鯨】は翡翠《ひすい》の双眸でこちらを睥睨し、短くひと鳴きし、先程と同様の高密度の魔力波を再び放った。

「……クソが」

俺はそれに対し、こちらも魔力波を放ち返す。俺と【魔鯨】の魔力波同士が海上でぶつかり合う。

度を越《こ》した魔力波のぶつけ合いは、大気を歪《ゆが》ませ、空間を軋《きし》ませる。俺は更に魔力放出量を上げていく。

暫《しば》しの睨《にら》み合いの末、魔力波の押し合いに勝利したのは俺だった。【魔鯨】より発せられた魔力波は霧散《むさん》し、俺の魔力波が【魔鯨】を襲《おそ》う。

【魔鯨】は不快気に目を細めると、その翡翠の瞳はギロリと俺を捉《とら》えた。

「ふん、漸《ようや》く俺を見たか。多少魔力が多いだけの鯨が」

同格の魔術師《まじゅつし》同士の戦いにおいて、魔力波のぶつけ合いなんてものは基本しない。

する意味が無いからだ。高い魔力を持つ者ほど、魔力に対する耐性《たいせい》が高い。高位の魔術師からすれば、魔力波をぶつけられた所で不快感はあれど、ダメージは無いに等しい。

魔力波を放つ意味があるとすれば、それは圧倒的《あっとうてき》な格下を相手にした時。魔力が低い者程、魔力による影響《えいきょう》を大きく受ける。

高密度の魔力波を受ければ、魔力を持たない者はそれだけで動けなくなる程だ。それこそ、先程船乗り共が気絶した様に。【魔鯨】程の魔力であれば、大概《たいがい》の敵は魔力波を放つだけで行動不能に陥《おちい》らせる事が出来るだろう。

だが、今回はこの俺、ローファス・レイ・ライトレスが居る。

「一瞬でもこの俺を下に見た事、後悔《こうかい》させてやる」

俺は本船の上空を埋《う》め尽《つ》くす程の無数の暗黒球《ダークボール》を生み出した。下級魔法《まほう》の暗黒球《ダークボール》も、俺が使えばその威力は中級魔法上位の威力まで引き上げられる。

これだけの数の暗黒球《ダークボール》ならば、適当な岩山を消し飛ばせる程度の威力はあるだろう。暗黒球《ダークボール》の弾幕《だんまく》を、あの巨体では避《よ》ける事も不可能だ。

「消し飛べ」

無尽蔵《むじんぞう》に生み出された暗黒球《ダークボール》が、【魔鯨】を襲う。【魔鯨】は避けようともせず、大量の暗黒球《ダークボール》が命中し、魔力爆破《まりょくばくは》による轟音《ごうおん》が響《ひび》く。

フォルとカルロスは、それを見てポカンとしていた。

「……お前、死ぬ覚悟とか言ってたよな？」

フォルが半目でそんな事を言ってくる。馬鹿が、これで終わりな訳ないだろうが。

カルロスは無言で爆煙《ばくえん》に飲まれた【魔鯨】を見たまま、構えを崩《くず》さない。爆煙が晴れる。

そこには何事も無かった様に、先程と変わらぬ【魔鯨】が漂《ただよ》っていた。

「なんと……」

「……マジかよ」

カルロスとフォルが驚きに目を剥《む》く。あの弾幕を、まさか無傷で凌ぐとはな。俺はすかさず、特大の暗黒槍《ダーククランス》を生み出し、【魔鯨】に向けて放つ。

総火力なら暗黒球《ダークボール》の弾幕に劣《おと》るが、一点突破力《とつぱ》なら暗黒槍《ダーククランス》の方が圧倒的に高い。

放たれた暗黒槍《ダーククランス》は凄《すさ》まじい速度で【魔鯨】に迫る。

そして【魔鯨】に命中する寸前、半透明《はんとうめい》の膜《まく》が現れ、暗黒槍《ダーククランス》を防いだ。凄まじい魔力爆破が起きるが、【魔鯨】には届いていない。あの膜は……。

「魔法障壁《まほうしょうへき》……？」

高位の魔術師なら誰《だれ》もが纏《まと》う、持ち前の魔力で作られた全身を覆う壁。

俺も魔法障壁は常時展開しているし、【魔鯨】レベルの魔力を持つなら魔法障壁があるのは何も不思議な話では無い。驚くべきはその強度。

俺の魔法障壁でさえ、完全に防げる魔法は中級魔法レベルが限度で、上級魔法を受ければ歪みが生じるか、最悪突破されるだろう。

当然、暗黒球《ダークボール》は単発ならまだしも、弾幕など喰らえば余裕で耐久《たいきゅう》限界がくるだろうし、暗黒槍《ダークランス》に至っては普通に許容オーバーだ。それをあの【魔鯨】は……。

「俺の魔法を、魔法障壁だけで防いでたのか……？」

そこらの防護魔法でも完全に防ぐのが困難な俺の暗黒槍《ダークランス》を、魔法障壁だけで防ぐとは。

俺が呆気《あっけ》に取られていると、【魔鯨】は海面を揺るがす程の咆哮《ほうこう》を放つ。凄まじい音量に、思わず耳を塞ぐ。

警戒していた魔力波が来る様子は無いが、響き渡《わた》る咆哮に魔力が宿っているのを感じる。

ただの咆哮ではないな、一体何を……？

暫しの沈黙《ちんもく》の後、船付近の海面が大きく揺らぎ、無数の魔物が飛び出てきた。剣魚《ソードフィッシュ》を筆頭に、半魚人《マーマン》や針蛙《ニードルフロッグ》、雷電鱓《エレキサーペント》等の多様な魔物が船の甲板《かんぱん》に上がって来た。

「このタイミングで魔物かよ!?」

フォルが喚《わめ》きながら半魚人《マーマン》に回《まわ》し蹴《げ》りを食《く》らわせて海に落とした。このタイミング？

いや、この魔物共は明らかに【魔鯨】により意図的に送られたものだ。

今の咆哮で魔物を呼んだのだろう。それにこの魔物の様子は……。魔物は一様に目が赤く光っており、何より恐ろしく好戦的だ。

この特徴は正しく、《カタストロフィ》で凶暴化した魔物そのもの。この【魔鯨】と、【魔王】が復活した際の《カタストロフィ》、何か関係があるのか？

何《いず》れにせよ、海の魔物の大量発生と凶暴化に、【魔鯨】が関わっているのは確かだな。

「坊ちゃん、退却しましょう……！」

俺に近づく魔物を切り飛ばしながらカルロスが進言してくる。

「無理だな」

「坊ちゃん！」

「別に意地を張っている訳ではない。この船であれを振《ふ》り切るのは無理だと言っている」

今でこそ空を優雅《ゆうが》に漂っている【魔鯨】だが、かなりの距離まで退却していた筈《はず》のクリントンの船に瞬く間に追い付く速度を奴は持っている。

この船の全速力など、【魔鯨】からすれば止まっているようなものだろう。応戦するしか道はない。幸いにも、フォルが良い働きをしている。

この数の魔物の対処はカルロスだけでは骨だったろう。想定していた海魔ストラーフ戦とは違《ちが》う形になったが、これで俺も魔法に専念できる。

【魔鯨】め、大量の魔物を呼んで自分は高みの見物をする気なんだろうが、こちらも手勢が揃《そろ》っている。

暗黒槍《ダーククランス》で駄目なら、それ以上の魔法を使えば良いだけの話だ。この程度で勝った気になられては……。

「……あ？」

今正に新たな魔法で攻撃を仕掛《しか》けようと【魔鯨】を見上げると、奴の周囲に雪の様なものが舞っていた。きらきらと青白く輝《かがや》く雪は、寄り集まって槍を形成していく。

複数の巨大な氷の槍が、【魔鯨】の周囲に形成された。あれは紛《まぎ》れもなく……

「魔法だと……！」

この俺が見間違《みまちが》える筈も無い。あれは紛《まが》う事無き魔法。

魔物は基本的に魔法を使えない。使わないのではなく、使えないのだ。魔法陣《まほうじん》の理解や、詠唱《えいしょう》等、魔法の行使には高い知能を要する。

魔法を扱《あつか》えるのは、人間や精霊《せいれい》、魔物でも高位の竜種《りゅうしゅ》と言った極々《ごくごく》一部だ。

「あんな鯨が、高位の竜種と同等だというのか……？」

少なくとも、魔法を扱えるだけの高い知能を持つのは間違いない。しかもあれは、中級の氷結魔法、氷結槍《ブリザードランス》。

俺と同様に、馬鹿げた魔力を注ぎ込《こ》んだのか、その大きさは通常の比ではない。一撃《いちげき》一撃が、上位魔法並の破壊力《はかいりょく》を持つであろう氷結槍《ブリザードランス》が、十本以上。

尚《なお》も数が増していく。あれが一斉《いっせい》に放たれるとしたら、この船に逃《に》げ場《ば》は無い。

一発でも当たれば沈没《ちんぼつ》は免《まぬが》れないだろう。

「自分で呼んだ魔物諸共《まものもろとも》やる気か……」

魔法を扱えるだけの高い知能はあっても、倫理観《りんりかん》は皆無《かいむ》か。実に魔物らしい事だ。

「おい、あれヤバくねえか⁉」

フォルが【魔鯨】を見て、顔を引き攣《つ》らせる。俺の暗黒槍《ダークランス》の威力を目《ま》の当《あ》たりにしているフォルからすれば、あの数の魔法槍《まほうやり》はさぞ脅威《きょうい》だろう。

「貴様は目の前の魔物に集中しろ。あれを気にするのは俺だけで良い」

気にした所で、貴様には逃げる事も防ぐ事も出来ん。まあ、そういう俺も防護魔法は苦手な方だ。

あのレベルの氷結槍《ブリザードランス》だと、一発なら兎も角、二発以上を防ぐのは暗黒壁《ダーククリフ》でも厳しそうだな。ならば、より上位の防護魔法を使うしか無い。

俺は懐《ふところ》からナイフを取り出し、自らの指を軽く切る。そして流れ出た血を、己《おのれ》の影に垂らした。これから発動するのは神話の時代より現存する古代魔法だ。

「──《生者を拒《こば》む禊《みそぎ》の門》」

魔法の発動と同時に、【魔鯨】が無数の氷結槍《ブリザードランス》をこちらに向けて放った。直後、本船と【魔鯨】を挟《はさ》んだ海上に、巨大な禍々《まがまが》しい門が出現する。

どす黒い瘴気《しょうき》を放つそれは、迫る氷結槍《ブリザードランス》の衝突《しょうとつ》と、連続する激しい魔力爆破を物ともせず、そこに存在し続けた。

まさか最上級の防護魔法を、切り札の一つを切らされるとはな。古代魔法を行使するなど二年ぶりだぞ。

しかもそれを、連続して行使する羽目になるとは。俺は続けて指を深く切り、影により多くの血を流し落とす。

「──《命を刈《か》り取る農夫の鎌》」

俺の手に、俺の背丈《せたけ》と変わらない程《ほど》の漆黒の大鎌が現れる。中級魔法の暗黒鎌《ダークサイス》よりも小《こ》振《ぶ》りだが、内包する力は比較にならない。

暗黒鎌《ダークサイス》の元となった、ライトレス家に伝わる古の魔法だ。俺が使える攻撃魔法《こうげきまほう》の中でも最大級の攻撃力《こうげきりょく》を誇る。その一撃《いちげき》は正しく、万物《ばんぶつ》を斬《き》り裂《さ》く。

「ライトレスの〝地獄《じごく》の門〟に、〝死の鎌〟まで……」

カルロスが畏怖《いふ》を孕《はら》んだ目で呟いた。これらの魔法をカルロスの前で使うのは初めての筈だが、よく知っているな。それも魔法に付けられた異名まで。

流石、祖父の代からライトレスに仕えているだけはある。

「さて、終《しま》いにしよう」

俺は【魔鯨】に向け、漆黒の鎌を振り下ろした。暗黒鎌《ダークサイス》の様に、黒い斬撃が飛ぶ事もない。ただただ静寂《せいじゃく》に、鎌の刃《やいば》の先にあった物全てが音も無く斬れた。

射線に入った魔物、海、大気すらも。この鎌の前には距離《きょり》も、障害物も、魔法すらも全てが無意味。

【魔鯨】の強固な魔法障壁はバターの如く容易く両断され、その先の【魔鯨】の巨躯《きょく》を切り裂いた。寸前で身体を捻《ひね》ったのか、胴体を両断するつもりが、片側の胸《むな》ビレのみが斬れ、海に落ちた。

溢《あふ》れ、流れ落ちる鮮血《せんけつ》。初めて出る、【魔鯨】の絶叫《ぜっきょう》とも言える苦痛の叫《さけ》び。

「……勘《かん》の良い奴だ」

或いは生き汚《ぎたな》い、か？　本来なら、胴体を両断して終わりだったのだが、まさか避けられるとはな。まあ、避け切れずに片ヒレを失っている訳だが。

それに、《命を刈り取る農夫の鎌》は一振《ひとふ》りで終わりの安い魔法じゃない。魔力消費が莫大《ばくだい》な分、威力も然《さ》る事《こと》ながら、複数回振るう事が出来るのだ。

俺は再び、漆黒の鎌を振りかぶる。と、ここで苦悶《くもん》の叫びを上げていた【魔鯨】に動きがあった。

片ヒレを切り落とされる瞬間《しゅんかん》まで余裕の雰囲気《ふんいき》を出していたが、今では明確な敵意を孕んだ目で俺を睨んでいる。

そしてただでさえ巨大な口を大きく開け広げると、その口内に白い光が集まっていく。

誰が見ても分かる。あれはどう見ても、ブレスか何かを放つ為《ため》の溜《た》めだ。身体に流れる血の一滴《てき》一滴が警鐘《けいしょう》を鳴らしている。あれはヤバい、と。

「――《生者を拒む禊の門》！」

再び現れる瘴気を放つ禍々しい門。あらゆる攻撃を無に帰す、最高の防護魔法だが、それでも不安は拭《ぬぐ》えない。

更に俺は、本船を覆う様に暗黒壁《ダーククリフ》を五重に生み出し、ブレスに備えた。そして、【魔鯨】の口から白く輝く熱線が放たれる。

《生者を拒む禊の門》は、白熱線の衝突にギシギシと悲鳴を上げる。俺は更に、魔力を追加で注ぐが、焼石に水だ。

数秒抑《おさ》えるのが精一杯《せいいっぱい》で、白熱線は門のど真ん中を突き破《やぶ》り、風穴を開けた。続いて白熱線は、五重の暗黒壁《ダーククリフ》を紙の様に穿《うが》ちながら、本船へ迫《せま》る。

「くっ……」

俺は咄嗟《とっさ》に、迫る白熱線に《命を刈り取る農夫の鎌《かま》》を振るった。白熱線と、死の鎌の斬撃《ざんげき》の衝突。

凄まじい衝撃が海上に吹《ふ》き荒《あ》れ、それと共に白熱線の射線がほんの僅《わず》かに逸《そ》れた。本船のど真ん中への直撃《ちょくげき》はギリギリ免れた。

船体は一部が消し飛び、看過出来ないレベルの損害を負うだろうが、これで少なくとも全滅《ぜんめつ》は無い。

だが、逸れた白熱線の射線の先には、魔物を相手取るフォルの姿があった。

ああ、駄目《だめ》だな。これは間に合わない。いかなる魔法も、あの白熱線は止められない。

「………あ」

ぼんやりと迫る白熱線を眺《なが》めるフォル。避けようとすらしていない。当然か。魔物に集中しろと命じたのは他でも無い俺だ。【魔鯨】を気にするのは俺だけで良い、とも……。

「……」

……なんだ、それは。

自信満々に【魔鯨】の相手をすると意気込《いきご》んでおいて、攻撃一つまともに止められていない。挙げ句の果てに、その被害《ひがい》を俺の命令通りに動いている奴《やつ》に出すだと？

ふざけるのも大概にしろ。俺はローファス・レイ・ライトレスだぞ。

ライトレス侯爵《こうしゃく》家次期当主であるこの俺が、そんな愚《おろ》かな失態を犯《おか》せるものか……！

俺は足に魔力を流し、力任せにフォルの下へ跳躍《ちょうやく》する。

「——は⁉　おま、なんで⁉」

俺は驚《おどろ》くフォルを無視して首根っこを掴み、魔力で強化された膂力《りょりょく》に任せて船の中央へ投げ飛ばす。

そして迫る白熱線に向け、再び《命を刈り取る農夫の鎌》を振るう。

「——《暗《くら》く昏《くら》く闇き者、冷酷《れいこく》なる神の御使——》」

呪文詠唱《じゅもんえいしょう》し、追加で膨大《ぼうだい》な魔力を鎌に注ぎ込んで斬撃の威力を底上げする。

「《——眼窩《がんか》に映るは深き淵《ふち》——》」

更に呪文詠唱を続ける。俺の背後に暗黒球《ダークボール》や暗黒槍《ダークランス》、暗黒鎌《ダークサイス》をありったけの数生み出し、全てを白熱線に放った。

くそ、この俺が詠唱なんて無様な真似《まね》をさせられるとはな。だが、詠唱ありきの魔法の威力は、詠唱破棄《えいしょうはき》した時よりも遥かに上だ。

暗黒の魔力と、純白の魔力が海上でぶつかり合う。一時的に拮抗《きっこう》する力。しかしそれでも、敗れたのは暗黒魔法だった。

ここまでやって尚、白熱線の方が上だったのだ。いや、そもそも白熱線は見る限り光か、或いは炎《ほのお》系統の属性だ。

光や炎属性に対し、暗黒魔法は絶望的に相性《あいしょう》が悪い。本来なら、真正面から対抗《たいこう》等すべきでは無いのだ。

だがそれでも、白熱線の軌道《きどう》を更《さら》に逸らす事が出来た。白熱線の軌道は僅かに上に逸れ、船を僅かに掠《かす》る程度だろう。だが……。

「――ローファス坊《ぼっ》ちゃん!!」

迫る白熱線の発する轟音の最中、カルロスの悲鳴の様な声が響いた。そして、俺の視界は白一色に染まる。

……流石に完全に逸らすのは無理だったらしい。間も無く俺は、白と熱の奔流《ほんりゅう》に飲《の》み込まれた。

＊

──ちゃん

──坊ちゃん！

朦朧《もうろう》とする意識の中に木霊《こだま》する声。誰のものかなど知れた事。俺の事を坊ちゃん呼びする輩《やから》は、この世界にただ一人。

「──ローファス坊ちゃん！」

叫びに近い声に、呼び起こされる意識。ぼやける視界。

そこには俺を抱《だ》き寄せ、悲壮《ひそう》と僅かな安堵《あんど》がごちゃ混ぜになった様な顔のカルロスと、少し離《はな》れた所に顔を真っ青にしたフォルが居た。

そうだった、俺は【魔鯨】の白熱線を受け切れずに……なんて無様な。

「……どれくらい、寝《ね》ていた？」

「ほんの数秒です」

「そうか」

起き上がろうとするが、力が入らず、カルロスに抱き起こされる。激痛を通り越して、最早《もはや》感覚の無い箇所《かしょ》すらあるな。

ふと、血の気の引いたフォルの視線が俺の左側に向けられているのに気付く。

「……お、お前、左手が……」

「あ？」

言われるままに左手を見る。左手は……肘《ひじ》から先が、無かった。傷口は焼けた様に黒く、出血は殆《ほとん》ど無い。

いや、身体の損傷は左腕《ひだりうで》だけではない。左半身が全体的に黒く焦《こ》げており、左足は失ってはいないが、殆ど力が入らない。今思えば、左目も全く見えていないな。随分《ずいぶん》と派手にやられたものだ。

「……はぁ」

普通なら、左腕を失えば発狂《はっきょう》したりするのだろうか。俺位の歳ならば、あまりの痛みから我を失い、混乱してもおかしくはないのだろう。

だが、俺は夢とは言え、幾千幾万回と殺された。俺からすれば、この程度、だ。

ただ左半身を焼かれただけだ。ただ左腕を失っただけだ。首を切られた訳でも、心臓を貫かれた訳でもない。致命傷《ちめいしょう》には程遠《ほどとお》い。

痛みはあるが、慣れというのは空恐《そらおそ》ろしいものだ。だが、カルロスやフォルのこの反応が、本来ならば正しいものなのだろうな。

俺《おれ》の左半身を焼いた張本人である【魔鯨】を見ると、忌々《いまいま》しげにこちらを睨んでいた。

俺を殺しきれなかった事が余程《よほど》気に入らないのか。

そして、俺が《命を刈り取る農夫の鎌》で切り飛ばしてやった片ヒレだが、どういう訳か元通りになっていた。切った筈のヒレに出血は無く、傷痕《きずあと》すら残っていない。

「……どういう事だ」

常軌を逸した再生力、まさか治癒魔法《ちゆまほう》ではないだろうな。治癒魔法は神聖魔法に分類される。神聖魔法は少し特殊《とくしゅ》な魔法で、魔力だけではなく信仰心《しんこうしん》が必要だ。主に教会勢力が扱う神聖魔法だが、魔物が行使出来るとは到底《とうてい》思えない。あの態《なり》で、神を信仰《しんこう》する敬虔《けいけん》な信徒なら別だがな。

ならば異常な再生力か？　ライトレス家相伝の古代魔法で漸く貫けるレベルの魔法障壁を持ちながら、負った傷も即座《そくざ》に再生か。悪い冗談《じょうだん》だ。

――撃《う》てぇぇぇい！

船内から響く号令と、その直後に無数に鳴り響く砲声《ほうせい》。船から放たれた大砲《たいほう》は、見事【魔鯨】に命中している。

魔法障壁に防がれてはいるようだが、構わずに砲撃《ほうげき》は繰《く》り出されている。

「ログか……！」

船乗り共に指示を出して砲撃してくれているらしい。事前に対ストラーフ戦の説明と、砲撃に関する説明はしていたが、何とも良いタイミングでやってくれたものだ。

この船には対ストラーフ戦を想定し、大量の砲弾《ほうだん》が積《つ》み込まれている。全て撃ち尽くすまでにはかなりの時間を要するだろう。

ストラーフ戦であれば問題なかっただろうが、相手は【魔鯨】。砲撃の全てが魔法障壁に止められ、それでもやはり気に障《さわ》るのか、【魔鯨】は鬱陶《うっとう》しそうにこちらを睨む。

そして、先程と同様に大口を開き、口内に光が収束していく。

「……また、〝あれ〟か」

白熱線の溜め動作だ。というか、あの威力《いりょく》で連発できるのか。あの威力の割に、余程《よほど》魔力《りょく》効率が良いのか？

或いは、俺と同様に規格外の魔力の持ち主か。何れにせよ、相性の悪い暗黒魔法であれを正面から受けるのは得策ではないな。

「坊ちゃん、力及《およ》ばず、申し訳ありません……」

カルロスが絶望した顔でそんな事を言ってくる。いやいや、何を諦《あきら》めている馬鹿者が。

「諦めている暇《ひま》があったら治癒魔法を掛《か》けろ」

「し、しかし」

「喋《しゃべ》るのもきつい。何度も言わせるな……」

「ぎょ、御意《ぎょい》……！」

カルロスは俺を抱えたまま、治癒魔法を俺に施《ほどこ》す。神官職でも無いカルロスは、治癒魔法の中でも初級レベルのものしか行使出来ないが、無いよりはましだ。

流石に一人で立てもしない状態では戦えないからな。そして、【魔鯨】を呆然《ぼうぜん》と見るフォルに、影《かげ》から伸《の》ばした暗黒腕《ダークハンド》で拳骨《げんこつ》を喰《く》らわせてやる。

「あたっ⁉」

驚いたようにこちらを振り返るフォルの頬《ほお》を、更に暗黒腕《ダークハンド》で平手打ちする。

「ぶへっ⁉　――て、テメエ何しやがっ……⁉」

声も絶え絶えに涙目《なみだめ》で頬を押《お》さえるフォルに、俺は冷ややかな目を向ける。

「サボるな。貴様はさっさと魔物を掃討《そうとう》しろ」

「はぁ……⁉　だって、さっきのあれがまた……」

あれとは、白熱線の事を指して言っているのだろう。

「二度も言わせるな。あの鯨の相手は俺がする。貴様は魔物だけを気にしていろ」

「でもっ――あむ⁉」

それでも顔を赤くして詰寄《つめよ》ってくるフォルの両頬を、暗黒腕《ダークハンド》で鷲掴《わしづか》みにした。

「……左手があれば手ずから殴《なぐ》っていた所だ。何の為に生かしてやったと思っている。庇《かば》われた事に少しでも負い目を感じるなら、船に這《は》い上がってくる魔物くらいは狩《か》り尽くしてみせろ」

「――っ分かったよ！」

フォルは船刀《カットラス》を手に、船に上がってくる魔物の下へ走った。

「貴様もだカルロス」

「駄目です、まだ……」

治癒魔法を止めようとしないカルロスを振り払《はら》う。そして俺は、両足で立ってみせた。

「良い。最低でも立って歩けるまでは回復したからな」

「しかしまだ、左腕が……！」

「貴様程度の治癒魔法ではどうにも出来んだろう。さっさと行け」

四肢《しし》を再生させるとなると、最上級の治癒魔法が必要だ。教会でも最高位の神官でないと、そんな魔法は使えない。

当然だが、初級レベルの治癒魔法ではどうにもならない。歩けるレベルまで回復しただけで十分だ。

うだうだと治癒魔法を続けようとするカルロスを蹴《け》って魔物の下へ向かわせて、俺は【魔鯨】に向き直る。

【魔鯨】は相変わらず口内に光を収束させているが、一発目よりも随分と溜めに時間が掛かっているな。

回復する時間を得られたのでこちらとしては好都合だが、やはり次弾《じだん》を放つには一定のクールタイムがいるのか？

「いや、これは……」

違うな。【魔鯨】の口には、一発目の時以上の光の収束と魔力《まりょく》を感じる。

成る程、先程《さきほど》は攻撃《こうげき》を逸らされたから、次は逸らす事すら出来ない程の強力な一撃を放とうという訳か。

そして光の収束と同時に、ついでの様に無数の氷結槍《ブリザードランス》が形成されている。同時に放つ気か？　念入りな事だ。

さて、【魔鯨】が今にも放とうとしている氷結槍《ブリザードランス》と白熱線だが、これらは魔力を消費して生み出されているものだが、その本質は異なる。

氷結槍《ブリザードランス》は魔法であり、詠唱や魔法陣、術式等を用いて生み出す魔力を使った技術だ。魔法は技術である為、一定の高度な知能を持たないと扱えない力だ。

対して白熱線（そう呼称《こしょう》しているだけで正式名称《めいしょう》ではないのだが）、これは魔法ではない。魔力を持つ生物――魔物がその生体機能によって生み出す固有能力だ。有名なものだと、竜種の《ドラゴンブレス》や、バジリスクの石化の《魔眼》等が挙げられる。

【魔鯨】の白熱線も、こう言った魔物の持つ固有能力に類するものと推察出来る。

そしてこの固有能力だが、魔物だけが持つものでは無い。

魔力を多く保有する人間も、特有の能力を持つ場合がある。王国上級貴族の中でも、極《ごく》一部だけが持つ選ばれた力。

魔物の使う固有能力とは区別され、固有魔法と呼ばれるこの力は、当然俺も持っている。

ライトレス家に伝わる固有魔法――《影喰《かげぐ》らい》をな。

物語第二章において、四天王として猛威《もうい》を振るったこの力。二つ名【影狼《かげろう》】の由来となった力だ。俺は船の横に小山の如く浮《う》かぶ大型クラーケンの死体、それを見ながら呟《つぶや》く。

「――《喰らえ》」

俺の影から、無数の目を持つ不定形の何かが伸びる。何処かスライムにも似たそれは、大型クラーケンの死体を飲み込むように黒く染め上げた。

不定形の影は、周囲の海面に無数に浮かぶ魔物の死体もついでの様に飲み込んでいく。黒く染まった魔物の死体は、無数の目をぎょろつかせながら動き出す。

死体が負っている傷も、影が覆《おお》う事で塞《ふさ》がっていく。斬られた胴《どう》は繋《つな》がり、巨大《きょだい》クラーケンの暗黒槍《ダークランス》によって貫《つらぬ》かれた大穴も塞がった。

これは謂《い》わば、死体を俺の使い魔として支配下に置く事が出来る力だ。影の使い魔は俺の魔力が続く限り、傷は再生し、死んでも復活する不死の軍勢となる。

物語第二章では、この力で大量の狼《おおかみ》型の魔物を使役《しえき》し、戦力として運用していた。尤《もっと》も、魔力効率は良くないので、あまり頻繁《ひんぱん》に使いたい力ではないがな。

物語にて俺が主人公勢力に負けたのも、魔力の大半を大量の影の使い魔に費《つい》やしていたお陰《かげ》で、強力な魔法が使えなかったのが主な要因だろう。

使い魔化した海の魔物を、フォルとカルロスの援護《えんご》に向かわせる。海の魔物に襲いかかる、無数の目を持つ暗黒の魔物。

「うおおお！！？　なんだこいつ等⁉」

すわ新手か、と強張《こわば》るフォルをカルロスが宥《なだ》める。

「これは……ご安心を、坊ちゃんの魔法です」

「魔法⁉　これが、魔法⁉　襲って来ないんだろうな⁉」

フォルは影の使い魔を見ながら実に疑わし気だ。失礼な奴だ、確かに見た目は多少不気味ではあるが。

巨大クラーケンの使い魔は船の下に潜《もぐ》らせ、大型の魔物の処理をさせる。そうしていると、準備ができたとばかりに【魔鯨】の口が太陽の如く輝き始めた。

溜めた光を解き放つ数秒前、といった所か？

先程は避けようの無い状況《じょうきょう》と、半分意地で真正面からやりあったが、俺がそんな脳筋戦法しか取らないと思われているならば心外だ。

魔法使《まほうつか》いの強みは、魔力に応じた高い火力と、数多《あまた》の魔法による多様な戦術の幅《はば》にある。

俺はもう油断しない。

【魔鯨】よ。不本意だが、貴様を対等な敵として認めてやる。

「――」

俺は惜《お》しみなく呪文《じゅもん》を詠唱する。とくと味わえ、この俺が放つ完全詠唱の上級魔法だ。

「――《光無き世界《ライトレス》》」

【魔鯨】により、白熱線と無数の氷結槍《ブリザードランス》が放たれると同時。船を中心に、全てを漆黒《しっこく》に染め上げる暗黒が生み出された。

この、我《わ》が家名を冠《かん》した魔法に、直接的な攻撃能力は無い。一定の空間を暗黒に染め上げる、ただそれだけの魔法だ。

迫り来る白熱線は勿論《もちろん》、無数の氷結槍《ブリザードランス》を防ぐ力は無い。白熱線は溜めただけあって、一撃目よりも圧倒的に強力だ。

その太さは倍以上、威力はそれ以上かもしれない。だが、正直に受けてやる謂《いわ》れは無い。

この《光無き世界《ライトレス》》は、全ての暗黒魔法の性能を格段に向上させる力がある。

「避けろ、ストラーフ」

俺の命令に、《光無き世界《ライトレス》》で活性化した巨大クラーケンの使い魔――ストラーフが触《しょく》腕《わん》で船を包み、白熱線の範囲外《はんいがい》へ移動させた。

「うおおお!?」

多少の衝撃《しょうげき》があり、フォルが投げ出されそうになっているが、まあ些細《ささい》な事だ。

因《ちな》みにカルロスはしっかりと対ショック姿勢で船に掴《つか》まっていた。相変わらず要領の良い奴だな。

《光無き世界《ライトレス》》は凄まじい速度でその範囲《はんい》を広げて行き、遂《つい》には【魔鯨】すら飲み込んだ。

「――入ったか。これで奴は砂浜《すなはま》に打ち上がった鯨も同じだ」

暗闇《くらやみ》の中、【魔鯨】の嘶《いなな》きが響く。

《光無き世界《ライトレス》》の付属効果として、光や炎と言った発光する系統の属性の威力が減退し、そして暗黒魔法を扱えない全ての者に、慣れる事の無い暗闇を与《あた》える。

視覚的には勿論、魔力による探知すら碌《ろく》に出来なくなった。つまり【魔鯨】は、碌に前が見えない暗闇に飲まれ、俺達《おれたち》の位置すら把握《はあく》出来ない状態に陥っている訳だ。

無論、術者である俺には、【魔鯨】の位置は手に取るように分かるがな。俺は右手の指を噛《か》み切り、暗闇に溶《と》けた自身の影にその血を流し落とす。

「──《命を刈り取る農夫の鎌》」

完全詠唱の古代魔法だ。

その上、《光無き世界《ライトレス》》によりその威力は青天井《あおてんじょう》に引き上げられる。音も無く振り下ろされた死の鎌は、【魔鯨《まげい》】の強固な魔法障壁を容易《たやす》く切り裂き、その胴体《どうたい》を真っ二つに断ち切った。【魔鯨】から漏《も》れる、叫びにもならない苦悶の声。

肺やら諸々《もろもろ》の臓器ごと真っ二つだ。得意の雄叫《おたけ》びなど、出来る筈もない。しかしこれで即死《そくし》しないとは、ゴキブリ並の生命力だな。【魔鯨】は胴体が真っ二つになり、海に落下する──筈だった。

【魔鯨】は忌々し気《げ》に一鳴きすると、落下する事なく空中に留《とど》まった。それどころか、真っ二つに両断した筈の傷は、まるで時が巻き戻《もど》る様に瞬《また》く間《ま》に塞がった。

「……は？」

そこには暗黒の中、宙を漂う傷一つ無い【魔鯨】。両断した胴体すら再生だと？　しかも恐《おそ》ろしく速い速度で。

この不死身とも呼べる程の再生速度、伝承で聞く吸血鬼《きゅうけつき》の真祖を彷彿《ほうふつ》とさせるな。

だが、それもアンデッドだからこそ出来る離《はな》れ業《わざ》であり、生命体であの再生速度はあり得ないのだが。少なくとも、俺が知る限りでは。

しかしそんな生物が目の前にいる以上、考えるだけ無駄《むだ》か。【魔鯨】が俺の常識の外に居る魔物《まもの》なのは理解した。

だが、あれだけの巨体《きょたい》。再生にも相当な量の魔力を消費している筈だ。俺は即座に、《命を刈り取る農夫の鎌》の第二撃を振るう。

先程と同様に容易く斬れる【魔鯨】の胴体。しかし、今度は先程よりも再生速度が速い。斬られた先から再生していき、両断すら出来なかった。

続いて三撃、四撃を立て続けに振るう――と、ここで全て撃ち尽くした《命を刈り取る農夫の鎌》が消えた。しかし結果は同様。斬れた先から傷は再生された。

致命傷レベルの負傷をこれだけ回復しておいて、魔力の衰《おとろ》えを全くと言って良い程感じない。それどころか傷を負う毎《ごと》に再生速度が増してる様にも感じる。

これだけの巨体で、これだけ常軌《じょうき》を逸《いっ》した速度で傷を再生させるなんて、魔力効率云々《うんぬん》以前の話だ。俺が言うのもなんだが、正しく底無しの魔力総量。

俺の魔力もライトレス家歴代最高と称《しょう》される位には膨大だが、それでも限界はある。魔力が尽《つ》きるまでに殺し切れるか……？

【魔鯨】は嘶きを上げると、怒《いか》りの形相でギロリとこちらを睨《にら》んだ。

「……チッ」

流石《さすが》にこれだけ魔法《まほう》を放てば、その射線から船の方向位は推測されるか。奴からすれば、正確な位置が分からずとも、方向さえ分かれば良い。

なにせ、自身の直線上にある物を全て滅《ほろ》ぼす白熱線がある。案の定、【魔鯨】は口を大きく広げ、白熱線をこちらに向けて放った。

「……っ速い」

今度は殆ど溜めが無かった。逃がさない為か。だが溜めが無いと威力も落ちる。規模も威力も、幾分《いくぶん》か小規模。

更に、《光無き世界《ライトレス》》の効力で白熱線の威力は暗黒に削《けず》られて減退する。それでも……。

「く、ストラーフ！」

俺の声に反応したストラーフが、触腕で船の位置を少しずらした。直後、船の真横を白熱線が通り抜《ぬ》けた。船に当たればそれだけで木っ端微塵《こっぱみじん》だな。

溜め無し、《光無き世界《ライトレス》》により弱体化してもこの威力か。

《光無き世界《ライトレス》》の中では、光や炎等の発光系属性の中級魔法は発動すらままならず、上級魔法すら威力が半減するのだがな。

白熱線は威力が高過ぎて、焼け石に水か。その上、【魔鯨】は癇癪《かんしゃく》を起こした様に溜め無しの白熱線を連発し始めた。

決まった方向ではなく、四方八方あらゆる方向に。時折飛んでくる白熱線を、ストラーフの触腕で躱《かわ》すが、これではこちらから攻撃するどころではない。

一撃でも貰《もら》えば終わりなのだ。しかも、この白熱線の連射……。

【魔鯨】からすれば自棄《やけ》になっているのか、それとも苛立《いらだ》っての行動かは知らないが、《光無き世界《ライトレス》》の攻略法《こうりゃくほう》としては最適解だ。

広範囲《こうはんい》攻撃《こうげき》を連続で繰り出されては、こちらも逃げに徹《てっ》する他無いし、何よりこの白熱線が《光無き世界《ライトレス》》からするとかなり痛い。

《光無き世界《ライトレス》》は暗黒を霧状《きりじょう》にして空間を満たす魔法だが、その暗黒の霧《きり》が白熱線の連発でかなり削られる。

少しずつだが、白熱線を放たれる度に《光無き世界《ライトレス》》の範囲も狭《せば》まって来ている。

　《光無き世界》が消えれば終わり、か。

　それまでに【魔鯨】を殺し切るのは、あの出鱈目《でたらめ》な再生力では、まあ無理だろうな。そもそもあれだけ白熱線を連発されては碌に攻撃も出来ん。業腹《ごうはら》だが、このままでは敗北は必至か。……詰《つ》み、とも言える。

「……カルロス」

俺の呼び掛けに、カルロスは静かに跪《ひざまず》いた。

「は」

「貴様にこの船を任せる」

「……どうされるおつもりで？」

「《初代の御業《みわざ》》を使う」

俺の言葉に、カルロスはがばっと顔を上げた。

「……!?　ここは海上ですよ!?」

「ああ、だからこの船を任せる。少しでも遠くへ離れろ」

「……確かにそれならばこの状況は打開出来るやも知れません……が、それでは坊ちゃんがただでは済みません」

「貴様の言う通り、俺の身が危険だ。だから、必ず助けに来い。万が一俺が死ぬ様な事があれば、亡霊《ぼうれい》となって貴様を地獄へ誘《さそ》うからな」

カルロスは項垂《うなだ》れるように顔を手で覆った。

「……老い先短いというのに、まさかこのような局面に立たされようとは」

「はっ、隠居《いんきょ》なぞ出来ると思うなよ。貴様には命尽きるその瞬間まで、この俺に仕えてもらう予定だ」

「それが今日でない事を、祈《いの》るばかりです……ご武運を」

カルロスがレイピアを納め、最敬礼を取る。俺は鼻を鳴らし、大型の暗黒腕《ダークハンド》を生み出し、その手の平に跳《と》び乗った。

暗黒腕《ダークハンド》は使用者の影から伸びる。地面に投影《とうえい》される影から伸ばす事が多く、その場合は地面から離れる事は出来ないが、俺自身の足裏や、外套《がいとう》の内側にも影はある。

外套の内の影から伸ばした大型の暗黒腕《ダークハンド》は、俺を起点に自在に動く。当然、俺を乗せて宙に浮く事も出来る。本来の用途《ようと》とは大きく変わるが、要は使い方だ。

態々《わざわざ》魔力効率《まりょく》の悪い飛翔魔法《フライ》を使う必要は無い。暗黒腕《ダークハンド》は俺を乗せたまま飛翔《ひしょう》し、船から離れていく。

そして俺は、詠唱を開始する。ライトレス家に伝わる禁忌《きんき》の魔法――《初代の御業》を発動する為の呪文の詠唱を。

「《天の果て地の――」

ふと、詠唱《えいしょう》を妨《さまた》げる様に、俺の背後にすとんと軽快な着地音が響《ひび》いた。

暗黒腕《ダークハンド》から直接感じる、明らかに人一人の重量が増えた感覚。咄嗟に詠唱を止めて振《ふ》り返ると、俺を見上げる形でフォルがあぐらをかいて座《すわ》り込んでいた。

「よっ」

悪戯《いたずら》が成功した様な勝ち気な笑《え》みを浮かべるフォル。俺は苛立たし気に船を見る。

幾《いく》ばくか離れ、小さくなった船からカルロスがあんぐりと口を開けてこちらを見ていた。

跳躍してきたとでもいうのか？　この距離で？

「……運動神経の良さでは説明がつかんだろうが」

苛立ちが独り言として漏れるが、フォルは大して気にした様子も無く、暗黒腕《ダークハンド》の指の隙《すき》間《ま》から下を眺めている。

「お前、空も飛べんのな。貴族は皆んな飛べるのか？」

「観光気分なら直《す》ぐに降りろ、邪魔《じゃま》だ」

「降りねえよ。つーか、お前の方こそだろ」

フォルは立ち上がり、生意気にも指を差してくる。

「なんで一人で行こうとしてんだよ。お前、左手無いんだぞ……！」

「……だったらなんだ」

「あのカルロスとかいう執事《しつじ》、あいつもあいつだ。なんで納得《なっとく》してお前を一人で送り出してんだよ」

苛立ったように髪《かみ》を掻《か》き毟《むし》るフォル。馬鹿の馬鹿げた行動に苛々《いらいら》しているのはこちらだぞ。何故《なぜ》貴様の方が苛立ちを見せている。

「貴様よりは物事が見えているからだろう。あの鯨《くじら》と俺の魔法の応酬《おうしゅう》を見ていなかったのか？　貴様等に介入《かいにゅう》出来る次元ではない」

「見てたよ、全部な。それでも、いやだからこそだ。お前立ってるのもやっとだろ。一人でなんて行かせる訳ねえだろ……！」

鬼気迫《ききせま》るように訴《うった》えるフォル。だが、そうこうしている間にも、《光無き世界《ライトレス》》は白熱線によって削られている。

その機能が失われるのも残り僅か。こんな奴の相手をしている暇はない。

「……では聞くが、この期に及んで、貴様程度に何が出来ると？」

「あんま、オレを見くびってんじゃねえよ」

フォルは俺の左側に付くと、肩《かた》から抱き支えるように寄り添《そ》ってきた。

「……!?　貴様、何を勝手な——」

反射的に振り払おうとしたが、左腕が無い状態では大した抵抗《ていこう》にはならなかった。いや、それよりも、だ。フォルに抱き抱《かか》えられてから温かい光に包まれたのだ。

それは負傷した痛みが和《やわ》らいでいく癒《いや》しの光。この感じ、この力は……。

「治癒《ちゆ》、魔法……？」

カルロスが使っていたものと同等か、それ以上の出力の治癒魔法が、フォルから発せられていた。

「お。思った通り出来たな」

そんな事を言っているフォル。

「貴様、やはり魔力持ちだったか……！？」

魔力持ち。読んで字の如く魔力を持つ者。平民の中にも、突然《とつぜん》変異的に魔力を持つ者が生まれる場合がある。

物語における主人公も、そうした魔力持ちの一人だ。それと同様に、フォルも平民でありながら魔力を持つ存在らしい。

驚愕《きょうがく》はしたものの、やはりと言ったように元々疑惑《ぎわく》はあった。常軌を逸した身体能力、俺の魔力を浴びても平然としている胆力《たんりょく》。

或《ある》いは、と。そもそも魔力により身体強化をしているカルロスと同等かそれ以上の身体能力を有していた時点で疑問には感じていた。

「あ？　やっぱこれ魔力なのか？」

当のフォルは首を傾《かし》げている。なんだその反応は、まさか今の今まで気付いていなかったとでもいうのか？

「今更《いまさら》何を惚《ぼ》けている。治癒魔法まで使っておいて」

「いや、惚けてねえよ！　なんか出来そうな気がしたからやっただけで！」

俺は深い溜《た》め息《いき》を一つ。

「……話す気が無いなら良い」

魔力を持っている事を今まで知らなかったのなら、治癒魔法を行使している説明がつかない。ともあれ、今はこんな問答をしている暇はない。

これから行使する《初代の御業》は、発動までにそれなりの時間を要する。

「もう良い、好きにしろ。俺はこれから呪文詠唱に入る。邪魔だけはするな」

「おう。いざという時は壁《かべ》くらいにはなってやるよ」

生意気に口角を吊《つ》り上げて言うフォルに若干《じゃっかん》の苛立ちを感じ、小さな暗黒腕《ダークハンド》を外套から伸ばしてデコピンしてやった。

何やらフォルから抗議《こうぎ》の声が上がるが、俺は無視して詠唱を再開する。

「《天の果て地の底、万物封《ばんぶつふう》ずる無の水晶《すいしょう》。奉《ほう》ずるは我が血、望むは裁き——硬《かた》く硬く硬く硬く、現世《うつしよ》全ての魔《ま》を受け入れる程《ほど》に硬く——》」

俺を中心に、上空に浮かび上がる膨大な量の魔法陣《まほうじん》。だがここで、《光無き世界《ライトレス》》の暗黒の霧が白熱線の乱発により薄《うす》まり、【魔鯨】の姿が露《あらわ》になる。

【魔鯨】の翡翠《ひすい》の双眸《そうぼう》は即座に上空に浮かぶ俺達を捉《とら》えた。向けられる開かれた口。今にも放たれる白熱線。

「――ちっ、ストラーフ！」

俺の呼び掛けに、大量の魔力を注ぎ、生前よりも遥《はる》かに巨大化《きょだいか》したストラーフが海上より現れる。

ストラーフの巨大な無数の触腕が【魔鯨】を襲《おそ》い、それに気を取られたのか白熱線の照準がズレた。影の使い魔にした海の魔物も、総動員して【魔鯨】を襲わせる。

ふむ、こんな怪獣《かいじゅう》大戦争みたいな内容の映画を、昔王都で父上と見た事あるな。そんな感想を抱きつつ、今のうちに魔法陣と術式の構築に集中する。

ストラーフと影の使い魔共を総動員して、保ったのはものの数秒だった。【魔鯨】の白熱線が無数の細い光の線となり、ストラーフと影の使い魔共全てを貫いた。

そんな使い方も出来るのか、白熱線は。魔力を更に注げば再生するが、魔力効率が恐ろしく悪いので再生はさせない。

よって、ストラーフや影の使い魔達はそのまま霧散《むさん》していく。【魔鯨】の双眸が、苛立たし気にこちらに向けられる。

かなりの魔力を消費したが、稼《かせ》げた時間はものの数秒。だが、その数秒で、準備は整った。

「《――それは万物《ばんぶつ》を封《ふう》ずる鳥籠《とりかご》にして無色の器。それは神をも殺す白き極光、常世《とこよ》を染

める滅びの大火》——展開。無属性魔法《天晶宮殿《クリスタルグランデ》》！」

【魔鯨】を囲うように、クリスタルの如き魔力の壁がドーム状に展開される。光を反射し、きらきらと煌《きら》びやかなその様は、正しくクリスタルの宮殿《きゅうでん》。

【魔鯨】は、これまで俺が行使してきた暗黒魔法とは雰囲気《ふんいき》の異なる《天晶宮殿《クリスタルグランデ》》に若干の警戒《けいかい》を見せる。が、即座に白熱線を俺に向けて放った。

クリスタルの天蓋《てんがい》ごと、俺を消し飛ばす腹積もりか。

「お、おい⁉」

フォルが顔を真っ青にして俺の壁になろうとする。迷わず肉壁になるべく動いたその覚悟《かくご》は褒《ほ》めてやるが、白熱線を前に壁になろうとも大して意味は無いだろうが。諸共《もろとも》蒸発して終わりだ……当たったなら、な。

「無駄だ」

白熱線は大気を穿《うが》ちながら突《つ》き進《すす》み、クリスタルの天蓋に命中。しかしクリスタルの天蓋を貫く事は無かった。

天蓋には傷は疎《おろ》か、魔力の綻《ほころ》びすら無い。【魔鯨】はやや驚《おどろ》いたように目を剥《む》く。白熱線がここまで明確に防がれるのは初めてか？

まあこれだけの高密度の魔力放出、防ぐ手段等中々無いだろうが。

「防い、だ……？　うっそ……」

フォルも腰《こし》を抜かしている。おい、治癒魔法が途切《とぎ》れているぞ。まあ、この期に及んではもうどうでも良いが。

俺は更に呪文を詠唱する。詠唱に応じるように、クリスタルの宮殿の中央に、巨大な暗黒の球体が出現した。これが、この魔法の要。《黒き太陽》だ。

【魔鯨】は《黒き太陽》に警戒を見せるが、その口の矛先《ほこさき》は俺に向けられている。まあ、一度防がれた程度では諦める訳も無いな。

【魔鯨】は口に光を収束させていく。長い溜《た》め……高威力の白熱線を放つ気だな。不安そうに俺の外套を握《にぎ》り締《し》めてくるフォルを無視し、俺は詠唱を続ける。

《黒き太陽》は、俺が詠唱を紡《つむ》ぐごとに、その大きさを収縮させていく。時間を掛け、ゆっくりと。

そんなに悠長《ゆうちょう》にしていては、当然だが最大に溜められた高威力の白熱線が【魔鯨】から放たれる。これまでで最大の威力と目される極太《ごくぶと》の白熱線。

クリスタルの天蓋に衝突《しょうとつ》し、悲鳴にも似た空間の軋《きし》みが響き渡《わた》る。大気越《ご》しに伝わる振《しん》動《どう》と衝撃。しかし、そこまでしてもクリスタルの天蓋に傷は無かった。

目を見開く【魔鯨】。フォルも驚愕している。

「お前、こんな凄《すご》いのあるなら最初から使えよ！」

何も知らずに勝手な事を。《初代の御業》はそう気安く使える魔法ではないのだ。

俺はフォルを無視して詠唱を続け、《黒き太陽》はその大きさを当初の十分の一程度にまで収縮させていた。と、ここで俺は詠唱を終える。

「で、こっからどうすんだよ」

「気安く肩に手を掛けるな」

俺は肩に掛けられた手を振り払い、一歩前に出る。そして【魔鯨】を見下ろす。

「この《天晶宮殿》《クリスタルグランデ》はな、敵の攻撃を防ぐ為《ため》の魔法ではない。無論、敵を閉《と》じ込《こ》める為の檻《おり》でもない。いずれも、結果的にそう結びついているだけで、本来の用途は別にある」

「あん？　じゃあ、なんの為に……」

小首を傾げるフォル。【魔鯨】は《光無き世界》《ライトレス》にしたように、デタラメに白熱線を連発している。あらゆる方向に、クリスタルの壁の中の守りの薄い部分を探すかのように。

そして、収縮する《黒き太陽》にも攻撃を仕《し》掛《か》けている。無論、《黒き太陽》の周囲にもクリスタルの壁が展開されており、傷一つ付けられていないが。

【魔鯨】は、それら全てが無駄と悟《さと》ったのか、次の行動に移る。天に向け、口を大きく広げた。そして【魔鯨】の上空に、まるで《黒き太陽》と対を成すように巨大な白い光の球体が形成されていく。

クリスタルの天蓋《てんがい》越しにでも分かる身震《みぶる》いする程の高密度で膨大《ぼうだい》な魔力。【魔鯨】め、まだこんなものを隠《かく》し持っていたのか。

「お、おい。これ、流石にヤバくねえか……」

白光球から発せられる魔力に当てられたのか、顔が真っ青のフォル。差《さ》し詰《ず》め、【魔鯨】の奥《おく》の手《て》と言った所か？　だが、奥の手ならばこちらも既《すで》に発動している。

「言っただろう。無駄だ、と」

【魔鯨】の生み出した白光球は、溜めと共に膨《ふく》れ上がる。

収縮する《黒き太陽》とは正しく対照的だな。《天晶宮殿《クリスタルグランデ》》の中で、【魔鯨】の魔力は際限無く高まり、白光球は太陽の如くその輝《かがや》きを増す。

そして、その小さな太陽は、限界まで肥大化した後、【魔鯨】を飲《の》み込む形で爆《は》ぜた。

文字通り太陽の如き光と、膨大な魔力の奔流《ほんりゅう》が《天晶宮殿《クリスタルグランデ》》内を満たす。

クリスタル越しに伝わる爆音《ばくおん》と衝撃。あまりの威力に、ドーム状のクリスタルの壁全面に罅《ひび》が入った。額に浮かんだ冷《ひ》や汗《あせ》を拭《ぬぐ》う。少し、焦《あせ》った……。

【魔鯨】の奥の手、白光球。想定外の威力だった。まだ未完成とは言え、まさか《天晶宮殿《クリスタルグランデ》》に罅を入れられるとは。

爆ぜた光が晴れ、そこには黒く焦《こ》げた【魔鯨】が、それでも宙を舞《ま》っていた。【魔鯨】の黒く焼け爛《ただ》れた表皮は、持ち前の高速治癒力《ちゆりょく》で瞬く間に再生していく。

しかし、《天晶宮殿《クリスタルグランデ》》に入った罅も、同様に高速で修復される。いや、正確には修復ではないな。《天晶宮殿《クリスタルグランデ》》は俺《おれ》の魔力を湯水の如く吸い取り、完成に近づいているだけだ。

再生し、完治した【魔鯨】は、罅の消えたクリスタルの壁を見ると、忌々し気に俺を睨む。俺はそんな【魔鯨】に向けて、高笑いを上げて称賛《しょうさん》してやった。

「良い余興だったぞ。褒めてやる。貴様は俺が知る中でも、間違《まちが》いなく最強の敵だった」

結局、この【魔鯨】が何なのかは分からない。だが恐ろしく強かった。或いは、俺を殺し続けた主人公とその仲間達《たち》よりも。

きっと、第一章にて復活した【魔《ま》王《おう》】ラースよりも、第二章にて王国に反逆した【第二の魔王】レイモンドよりも、単純な力ならば【魔鯨】の方が上だろう。

「そんな貴様に敬意を払い、俺が今から何をするか、教えてやろう。魔法が扱《あつか》える程の知能があるのだ、人の言葉位理解出来るのだろう?」

上位の竜種《りゅうしゅ》は人語を理解する。【魔鯨】も人語よりも遥かに難解な魔法を扱えているのだから、理解していても不思議では無い。

まあ、話せるかは別問題なのでこちらから一方的に喋る。

「先程も少し触《ふ》れたが、この《天晶宮殿《クリスタルグランデ》》はな、本来は敵の攻撃を防ぐ魔法でも、拘束《こうそく》する魔法でもない。……その本質は、己《おのれ》の攻撃を防ぐ為のものだ」

フォルは理解が追いつかない様子で眉《まゆ》を顰《ひそ》める。対して【魔鯨】は、一瞬《いっしゅん》放心した様に固まると、その双眸をぎょろりと《黒き太陽》に向けた。

「ほう、察しが良いではないか」

そしてこの反応、やはり人語を理解しているらしい。と、ここで、極限まで収縮した《黒き太陽》は、その表面に青白い罅が入り始めた。

同時に、《天晶宮殿《クリスタルグランデ》》が俺の魔力で満たされ、クリスタルが青白く発光し始める。【魔鯨】は異変を察知し、口を開いて再び光の球体を作り始める。

「長らく待たせたな、たった今魔法が完成した。ああ、それはさっきの技か？　無駄だ。完成した《天晶宮殿《クリスタルグランデ》》を破壊《はかい》するなど、神にすら不可能だ」

だが【魔鯨】は、先ほどの様に光の球体を爆散《ばくさん》させず、そのままぱくりと飲み込んだ。

そして【魔鯨】の口の中で光の球体は収束し、一点に集中された威力《いりょく》が熱線となって放たれる。

「なんだ、それは……」

そんな器用な真似《まね》が出来るのか。あの白光球の威力が一点集中されたなら、凄《すさ》まじい威力なのは想像に難《かた》く無い。再び響く凄まじい衝突音《しょうとつおん》。

だが、青白く輝くクリスタルには傷一つ付けることは出来なかった。

【魔鯨】の目に、初めて焦りが浮かぶのを感じる。俺は口角を吊《つ》り上げ、高らかに魔法を説明してやる。

「冥土《めいど》の土産《みやげ》に教えてやろう。この魔法にはなんともふざけた逸話《いつわ》があってな。なんでも、俺の先祖が大気を暗黒魔法で圧縮して遊んでいて出来た魔法なんだとか。なあ鯨よ、貴様は大気が圧縮され続けるとどうなるか、知っているか？」

【魔鯨】は俺の言葉に反応し《黒き太陽》を見ると、狂《くる》った様に白熱線を乱射し始めた。

そこには理性も何も無く、それはまるで、荒《あ》れ狂う獣《けもの》だった。

そして終《しま》いには、まるで逃《のが》れようとするかの様に、クリスタルに自ら体当たりをし始める始末だ。

お得意の白熱線でも、切り札の白光球でも傷一つ付かなかったというのに、体当たりなどで破れる筈《はず》無いだろうが。

この様子、まさかこれからどうなるかを知っているのか？　想像力が豊かなのか、或いは純粋《じゅんすい》に野生の勘《かん》から危険を察知したのか。

「ど、どうなるんだよ……」

フォルが、恐ろし気に尋《たず》ねて来た。俺は本船が離《はな》れているのを確認《かくにん》する。まあ、これだけ離れていれば流石に大丈夫《だいじょうぶ》か。

《黒き太陽》……暗黒魔法で包まれた大気は、俺の膨大な魔力により力任せに極限まで圧縮されている。それが解き放たれた時、この世の理を壊《こわ》す程の破壊を生む。

《天晶宮殿《クリスタルグランデ》》は、その破壊を押《お》し留める為に《黒き太陽》に紐《ひも》付けされた魔法だ。

余談だが、破壊を生む《黒き太陽》よりも、その破壊を防ぐ為の《天晶宮殿《クリスタルグランデ》》の方が魔力消費が圧倒的《あっとうてき》に多いというのは実にお粗末《そまつ》な話だ。

俺は【魔鯨】を見下ろし、静かに呟く。

「圧縮された大気は……神すら殺す、白き火を吹《ふ》くのだ」

《黒き太陽》が罅割《ひびわ》れ、直後、《天晶宮殿《クリスタルグランデ》》の全てが極光に包まれた。視界は全て白に塗《ぬ》り潰《つぶ》され、鳴り響く轟音《ごうおん》に鼓膜《こまく》が破れたと錯覚《さっかく》する。

世界を滅ぼし得る白き火が、海上で産声《うぶごえ》を上げた。暫《しばら》くして、《天晶宮殿《クリスタルグランデ》》内の光が晴れる。中には何も残されていなかった。

【魔鯨】の肉片《にくへん》一つ、海水の一滴《てき》すらも。《天晶宮殿《クリスタルグランデ》》が役目を終え、霧散する。漏れ出た高音の熱風が、魔の海域を駆《か》け抜けた。

《天晶宮殿《クリスタルグランデ》》と《黒き太陽》。これらの魔法は術式的に紐付けされており、二つで一つの魔法として、《初代の御業》と呼ばれている。
大いなるこの魔法の欠点は二つ。一つは、発動までにかなりの時間を要する事。そしてもう一つは……。

「……え、おい？」

俺はフォルに力無くもたれかかり、身体を預ける。唯一《ゆいいつ》見える右目の視界すら霞《かす》んできた。もう一つの欠点は、常軌を逸した魔力の消費量。

ライトレス家にて俺は、歴代最高の魔力総量を持つと言われている。そんな俺の、膨大な魔力総量の約半分という常軌を逸した魔力を消費する《初代の御業》。

ただでさえ魔力消費の多い古代魔法の連発に、上級魔法の行使。魔力効率の悪い固有魔《ま》法影喰《ほうかげぐ》らいの使用による、大量の影《かげ》の使い魔の使役。

そして、中級から下級魔法を文字通り湯水の如く使用した。お陰で魔力《まりよく》は底を突いてすっからかんだ。

この脱力感《だつりよく》、所謂魔力枯渇《いわゆるまりよくこかつ》という現象が起きている証拠《しようこ》だ。暫くは碌に動けないだろう。

魔力枯渇なんて、生まれてこのかた初めての事だ。

魔力不足になるであろう事は事前に想定していたから、カルロスには助けに来るように伝えてはいるが、よもや魔力枯渇に陥《おちい》るとは。しかも下は海。

生きて還《かえ》れるかは、良くて五割と言った所か？　とは言え、幸か不幸かフォルがいる。

これが吉《きち》と出るか凶《きょう》と出るか……。

こいつは貴族を嫌《きら》っていたし、見捨てられるかもな。

「……少し、寝《ね》る」

「は!?　こんな時に何言って……」

フォルの返答を待たず、足場の暗黒腕《ダークハンド》すら維持《いじ》出来ずに霧散する。海へ落下していく俺とフォル。フォルの甲高《かんだか》い悲鳴を聞きながら、俺の意識は闇《やみ》に溶けた。

04 ✦ 漂流と人の温もり

高温で蒸発した大量の海水は上昇《じょうしょう》気流となり、海上の天候を容易く変える。

その上、くり抜かれる様に失われた海水を補う様に、そこには周囲から大量の海水が流《なが》れ込む。必然的に波は荒れ狂い、追い討《う》ちを掛《か》けるように横殴《よこなぐ》りの雨が降る。

快晴だった天候は、暴風荒れ狂う嵐《あらし》へと塗り替《か》えられた。

これは術者であるローファスの誤算。ライトレス家の奥義《おうぎ》《初代の御業》が、海上で使用されたのは歴史的に見ても今回が初めての事。

経験的にも知識的にも、魔法一つでここまで天候が荒れるとはローファスにも予想出来なかった。だが、ローファスにとっての誤算はもう一つ。

意図せず付いてきたフォルの存在。船乗りとして幼少より海で育って来たフォルにとって、泳ぐ事は呼吸するが如く容易い。

それこそ、人一人を抱えて泳ぐ事など造作もない。だが、嵐となれば話は変わる。場所は魔の海域。近くに陸地は無く、船も無い。

大自然の前では、人一人の力など無力に等しい。それは、魔力を持ち、多少身体能力が底上げされていても同じ事。

フォルは、荒波《あらなみ》に揉《も》まれながらも意識の無いローファスを抱え、必死にもがく。荒れ狂う波の中、なんとか海面に顔を出して酸素を取り込む。

「おい！　お前、起きろ！　死ぬぞ⁉」

どれだけ呼び掛けようと、ローファスは死んだ様に動かない。それもその筈。魔力枯渇を引き起こしているローファスは、深い眠《ねむ》りについている。

どれだけ呼び掛けようと、仮に手足を切り落とされようとも目を覚ます事は無い。だが、魔力枯渇を知らないフォルは、必死に呼び掛け続ける。

そうこうしている内、一際《ひときわ》大きな波に飲み込まれた。フォルは荒波に揉まれ、息継《いきつ》ぎも碌に出来ないまま流される。最早《もはや》、意識の無いローファスを抱えている場合ではなかった。

このままでは、ローファスは疎かフォル自身の命さえ危《あや》うい。しかしフォルは、ローファスを離さなかった。

まるで見捨てるなどという選択肢《せんたくし》は最初から存在しないかの様に。そこには悪魔《あくま》の囁《ささや》きも、刹那《せつな》の葛藤《かっとう》すら無かった。

ローファスは貴族だ。それもフォルの嫌いな貴族像を体現したかの様な、絵に描《か》いた様な悪徳貴族だ。

態度も大きく横柄《おうへい》で、平民である自分達を下民と呼び見下す。気に入らない事があれば魔法を行使して脅《おど》す事も厭《いと》わない。全くもって、嫌《いや》な貴族だ。

それでも、クリントンとは違《ちが》った。ローファスは嫌な貴族だが、決して最悪ではなかった。口こそ悪いが、ローグベルトの住民に乱暴を働かないし、攫《さら》おうともしない。

それどころか、ローグベルトを苦しめていた魔物の討伐《とうばつ》に乗り出し、その魔物の力がどれ程強大だろうと逃《に》げず、正面から立ち向かった。

平民である船乗りの若《わか》い衆《しゅ》を使い潰す様な真似もせず、それどころか攻撃《こうげき》から身を挺《てい》して庇《かば》い、隻腕《せきわん》となっても怯《ひる》まずただ一人で船員を守り続けた。

事実としてローグベルトから参戦した船乗りに、犠牲者《ぎせいしゃ》は一人として出なかった。それは、フォルの知る貴族像から掛け離れた行いだった。

そこまでされて、見捨てられる筈が無い。だからこそ、荒波に揉まれながらも、フォルは絶対にローファスを離さない。

ローファスはきっと、それら全ての行為《こうい》は断じて平民の為などではなく、己《おの》が為のものだと言うだろう。勘違《かんちが》いするな身《み》の程《ほど》知らずが、と悪態をつかれるかも知れない。

だが、結果としてローグベルトを脅かしていた凶悪《きょうあく》な魔物は討伐され、その上船乗り達も誰一人《だれひとり》欠けず生き残っている。フォルにとっては、それが全てだった。

だから、ローファスを一人に出来なかった。何よりローファスは、自分を庇って左腕《ひだりうで》を失う重傷を負ったのだから。

ローファスの傷を癒したい一心で、何の奇跡《きせき》か治癒魔法《ちゆまほう》まで発動させた。

魔力持ちである自覚が無かったフォルの魔法行使は、才能があったとしても度を越した奇跡だ。だが、それでもこの荒波の中ではどうする事も出来ない。

でも決して離さない。たとえこのまま共に溺《おぼ》れて死ぬとしても、フォルはこの自分よりも小さな貴族を絶対に離したりはしない。

その強い意志が天か、或いは神に通じたのか、更《さら》なる奇跡が起きる。

フォルの視界の端《はし》に、青白く光るタツノオトシゴが見えた。

まるで荒波の影響《えいきょう》を受けていないかの様に優雅《ゆうが》に泳ぐタツノオトシゴ。フォルは一瞬《いっしゅん》魔物《まもの》かと疑うが、襲って来る気配も、敵意を向けて来る様子も無い。

それどころか、まるで先導でもする様に、すいすいとフォルの前を泳いで先に進んでいく。

時折こちらを振り返る様子は、まるで付いて来いとでも言っているかの様だ。ローファスを抱えるフォルは、少し考え、付いて行く事にする。

何かしらの罠《わな》である可能性はあるが、このままではどうせ溺れ死《じ》ぬ。それにこの青白いタツノオトシゴからは、治癒魔法に似た雰囲気の温かい力を感じる。

確証はないが、とても悪いものには見えなかった。タツノオトシゴを追い掛けていく内、荒々《あらあら》しかった海は徐々《じょじょ》に静まっていき、肌《はだ》を刺《さ》す様に冷たい海水は温かみを帯びていく。

そして張り詰めていたフォルの意識は、徐々に薄れていった。

＊

「……ッ！」

目を覚ましたフォルはがばっと身体を起こす。純白の砂に、穏《おだ》やかに押し寄せては引いていく波。どうやら何処《どこ》かの島の砂浜《すなはま》に打ち上げられたらしい。

周囲を見回すと、フォルの直ぐ横にローファスが横たわっていた。ほっと胸を撫《な》で下ろし、ローファスの肩に手を掛ける。

「おい、いい加減起きろよ……あ？」

しかし一転し、フォルの顔から血の気が引いていく。ローファスの身体は恐ろしく冷たく、呼吸すらしていなかった。

「おい……おい冗談《じょうだん》だろ……」

フォルは急いでローファスを仰向《あおむ》けにし、海水を吸って重たい外套を脱《ぬ》がせ、胸に耳を当てる。

微《かす》かだが、心音が聞こえた。だが、その脈は酷《ひど》く弱く、心許《こころもと》ないものだ。

「動いてる……まだ間に合う……！」

フォルはローファスに馬乗りになり、心臓マッサージを始める。幼少より船乗りとして育ったフォルは、蘇生措置《そせいそち》の知識に明るかった。

溺れた者を救出し、何度か実践《じっせん》した事もある。大事なのは、名前を呼び続ける事だ。

死の淵《ふち》に立たされた者の名を呼び、意識をこちらの世界に呼び戻《もど》さなければならない。

溺れた先の闇の中に巣食う磯《いそ》の魔女《まじょ》は、甘《あま》い言葉で溺れた者の意識を引き止める。

だからこそ、溺れた者の名を呼び、こちらの世界に引き戻さねばならない。少しでも意識が戻るのが遅《おく》れれば、磯の魔女に魂《たましい》を喰《く》われてしまう。

これはローグベルトの船乗りに古くから伝わる伝承であり、フォルも父のグレイグより耳にタコが出来るほど聞かされた話。

フォルからしても話半分だが、名前を呼び掛ける事が重要なのは理解していた。

「おい……おい、ロー……」

フォルは名前を呼ぼうとして固まる。

はて、この小さな貴族の名前は、なんと言ったか……。

フォルは気付く。お互《たが》いに未《いま》だ、自己紹介《しょうかい》は疎《おろ》か、名前で呼び合ってすらいない事に。

執事がたまに呼ぶのを聞いていたが、〝坊《ぼっ》ちゃん〟と名前を省略して呼ぶ事の方が多かった為、思い出せない。

これでは呼び掛けができず、死の淵から意識を呼び戻せない。このままではローファスが磯の魔女に魂を食われてしまう。

「……くそ、迷信《めいしん》だあんなもん！」

フォルは自分に言い聞かせるように頭を振る。

「はは……オレ、こいつの事何も知らねえじゃん……」

命まで助けられておいて、と自嘲《じちょう》気味に笑いながらも、フォルは懸命《けんめい》に心臓マッサージを続ける。だが、ローファスの意識は戻らない。呼吸も戻らないままだ。

「ああ、くっそ……後で文句とかいうなよ！」

フォルはローファスの鼻を塞《ふさ》ぎ、口から口へ空気を送《おく》り込む。

後で不敬罪だなんだと文句を言われそうではあるが、死ぬよりは良いだろうと、フォルは人工呼吸と心臓マッサージを繰《く》り返す。

　暫く続けた所で、ローファスが口から大量の海水を吐《は》き出し、酷く噎《む》せ返る。海水を吐き出した事で無事に呼吸が戻ったのを確認し、フォルは一息付く。

　だが、意識は戻らない。

「なんで起きねえ……まさか、磯の魔女に……」

　フォルが顔を青ざめさせていると、視界の端で浮《う》かぶ、青白い何かがちらついた。

「お、お前は……」

　荒れ狂う波の中、先導する様にこの浜辺《はまべ》に導いたタツノオトシゴだった。タツノオトシゴは海中でも無いのに、ふわふわとまるで水に揺《ゆ》られる様に浜辺を漂《ただよ》っている。

　ここでふと、フォルは疑問に思う。フォルとローファスが投げ出されたのは、間違い無《な》く魔の海域だ。

　だが、確か魔の海域周辺に島は無かった筈だ。少なくとも古くよりある海図には、一切《いっさい》の島が無かった。

　中継《ちゅうけい》地点に出来る島が無く、方向感覚すら狂う全方位見渡《みわた》す限りの水平線、そして止めの様に現れる船喰いの悪魔。これが魔の海域と呼ばれる所以《ゆえん》。

　だからこそ、この浜辺はなんだ。たとえ荒れ狂う嵐と言えど、海域を越《こ》えるほど流されるとは考え難《にく》い。

フォル自身が溺れ死んでいないという事は、それ程長い間漂流した訳ではない筈である。

フォルが答えの出ない疑問に頭を悩《なや》ませていると、タツノオトシゴは再び先導するように宙を泳ぎ始める。行き先は、浜辺沿いにあるごつごつとした岩場。

その岩場の一角にぽっかりと空いた洞穴《ほらあな》があった。タツノオトシゴはこちらを気にかける様に時折振り返りながら、洞穴の中に入っていった。

「……付いて来いってか？」

フォルはローファスを背負い、タツノオトシゴを追い掛ける。

ここが何処《どこ》なのかは分からないが、少なくとも今生きているのはこの島に導いてくれたタツノオトシゴのお陰《かげ》だ。

そのタツノオトシゴについて行くのに、躊躇《ちゅうちょ》は無かった。

タツノオトシゴを追って洞穴に入ると、そこには目を疑う光景が広がっていた。

洞穴の広い空間の中央に、魔獣《まじゅう》の毛皮と思われる物が寝床《ねどこ》の如く敷《し》かれ、端には積み上げられた流木、そしてついでの様に置かれた火打石と、焚《た》き火《び》の跡《あと》。

まるで何者かが暮らしていたかの様な、最低限の居住空間。フォルは訝《いぶか》しげにタツノオトシゴを見る。

「お前の住居……な訳無いか」

水中に棲息《せいそく》する筈のタツノオトシゴが、こんな人間染《じ》みた生活空間で暮らす訳も無い。

フォルは警戒する様に周囲を見回す。

周囲に人の気配は無く、よく見れば焚き火の跡も最後に使われてから大分時間が経過している様に見受けられる。

フォルは一先《ひとま》ず、ローファスを毛皮の布団《ふとん》の上に寝かせ、火打石を手に取る。

「まだ使えそうだな……」

次に流木を見る。湿気《しけ》ている様子は無く、十分に乾燥《かんそう》しており薪《まき》として利用出来るだろう。これならば、問題無く火を起こせそうだ。

あまりにも至《いた》れり尽《つく》せりな状況《じょうきょう》に、一抹《いちまつ》の不安を覚えるが、一先ずは火打石を打って火花を散らす。

流木を薪として積み上げ、少し時間は掛かったが薪に火を灯《とも》す事が出来た。

「魔法《まほう》なら一瞬なんだろうがな……」

火を付ける位は慣れたものだが、何も無い所から一瞬で水や火を生み出す魔法は、やはり平民からすれば畏敬《いけい》と畏怖《いふ》の対象だ。

「そういやオレも、魔力持ちなんだっけ……？」

少なくとも、ローファスはそう言っていたし、見様見真似《みようみまね》で治癒魔法まで発動させた。

視線を感じ、ふとタツノオトシゴを見ると、まるで目的は達したとでもいうかの様に、ふわふわと洞穴を漂っている。

結局このタツノオトシゴの目的は不明だが、助けられたのは事実。

「助かったよ、ありがとうな」

フォルが礼を言うが、聞こえているのかいないのか、特に反応を示さず漂うのみだ。横たわるローファスは、未だ目覚めない。

焚き火により、洞穴内は仄《ほの》かな温もりに包まれている。濡《ぬ》れた服も脱がし、温かみのある毛皮に包まれている。

ローファスの冷えた身体も、多少はましになっている筈だと、フォルは改めてローファスの肌に触れてみた。

「……え」

ローファスの身体は冷たいままだった。

呼吸はあるが、心無しか先程《さきほど》よりも顔の血の気が引いている様にも見える。

「なんで……」

フォルは焦る。フォルには分からない。何故、ローファスの容体が改善に向かわないのか。ローファスは魔力枯渇により、体力が著《いちじる》しく低下している。

それこそ、体温調節すら碌《ろく》に自力で出来ない程に。だが、それはフォルの知るよしの無い事だ。そんな中、フォルは考える。

こんな時、どうすれば良いのか。経験と記憶《きおく》を辿《たど》り、そして思い出す。過去、父のグレイグより教わった事を。

『人命救助の続きだが、身体が冷え切って体温が元に戻らねぇ場合がある。そうなりゃ殆《ほとん》ど手遅《ておく》れだ。一思いに海に返してやれ。あ？　助ける方法？　まぁ、そうだなぁ……人肌《ひとはだ》で一晩でも温めてやりゃ、運が良けりゃ助かるかもな。因《ちな》みに温めるのは、男よりは女が良い。女の方が体温高いからな。余談だが、若い頃《ころ》に溺れた俺を母ちゃんが一晩温めてくれた結果ログが生まれ……ぐぼ!?　何しやがる！　俺は至極《しごく》真面目な話をだな……』

「……ああー、下らねえ事も思い出したが……人肌、か……」

これはまた、ローファスが目覚めた暁《あかつき》には不敬罪だなんだと喚《わめ》きそうなものだが、そんなものは目覚めてから考えれば良い。

「絶対死なせねえ」

フォルに迷いは無かった。

ローファスのこれまでの人柄《ひとがら》を見る限り、万が一にも無いとは思うが、これで目を覚ましたローファスが激昂《げきこう》し、処刑《しょけい》と称《しょう》して魔法で殺されたとしても、それはそれで良いとすら感じた。何もせずに死なれるよりはずっと良い、と。

フォルは身につけている半乾きの服を全て脱ぎ、呟《つぶや》く。

「女の方が体温が高い、ね……なら、女で良かった」

男に扮《ふん》する為、胸に縛《しば》っていたさらしを解き、僅《わず》かに震《ふる》えるローファスの冷えた身体に、温もりを分ける様に身を寄せる。

その上から毛皮で包み込み、暖を取っている内、フォルは夢に誘《さそ》われる様に眠りについていた。洞穴に漂う青白いタツノオトシゴは、その光景をただじっと見つめていた。

＊

ローファス曰《いわ》く、物語の主人公勢力。

主人公を筆頭に、複数のヒロイン達で構成された、一人一人が一騎当千《いっきとうせん》の力を持つ少数精鋭《せいえい》の一団。

物語第一章のストーリーの一つ、漁村ローグベルト近海に現れた海魔ストラーフ討伐の際に、仲間に加わるヒロインが居た。

ファラティアナ・ローグベルト。男勝《おとこまさ》りな、貴族嫌いの女船乗り。クリントンの私兵により、幼馴染《おさななじみ》を拉致《らち》された過去を持つ。

それ故に貴族を酷く嫌っており、特に仇《かたき》であるクリントンが仕えているライトレス家に対し、強い憎《にく》しみを抱《いだ》いている。

第二章の対四天王戦において、ライトレス家の嫡男《ちゃくなん》である【影狼《かげろう》】のローファスと対峙《たいじ》した際には、執拗《しつよう》に罵倒《ばとう》し、他の誰《だれ》よりも憎しみを持って攻撃を加えていた。

しかしそれは、あくまでもシナリオ通りに進んだファラティアナの話。

シナリオから外れた道筋を辿った今回、ファラティアナは——否、フォルは、主人公ではなく、あろう事かローファスに救われてしまった。

ローファスからして、ファラティアナを救う意図は欠片《かけら》も無かった。

そもそも幾千幾万もの死を経験したローファスから見て、毎度誰《だれ》よりも苛烈《かれつ》に攻撃を仕掛けて来たファラティアナに対する印象は最悪と言って差し支《つか》え無いだろう。

フォルを、男に扮したファラティアナと気付けなかったのには、物語開始よりも三年前という事もあり、年齢《ねんれい》から女性的特徴《とくちょう》が幾分《いくぶん》か乏《とぼ》しかった事が要因だ。

故に、ローファスがファラティアナを助けてしまった事は決して意図したものでは無かったが、将来シナリオ通りに殺されない事を目的として動いていたローファスにとって、悪くない展開と言える。

しかし、この世界にはそれを善しとしない者も存在する。ローファスが繰り返し殺され続けて未来の死を恐《おそ》れた様に、貴族に対する、ライトレス家に対する恨《うら》みを燻《くすぶ》らせている存在が居た。

それは、ファラティアナの内に存在する、魂とも呼ぶべき存在。ファラティアナの魂は、フォルがローファスを命懸《いのちが》けで助けようとしている事実を許容出来なかった。

何故《なぜ》ならばローファスは、人類を裏切った怨敵《おんてき》の一人であり、幼馴染を人身売買した人で無し共の元締《もとじ》めである。だからこそ、フォルの精神は呼び寄せられた。

ファラティアナの精神世界に。フォルを、〝説得〟する為に。

＊

見渡す限り白色が広がる空間で、フォルは目を覚ます。目の前には、地面に横たわる意識の無いローファス。そして、自分の手には切れ味の良さそうなナイフが握られていた。

『その男を殺せ』

フォルの頭に、声が響《ひび》いた。まるでそれは、自分の声の様。どことなく不快に感じ、ナイフを捨てようとするが、柄《つか》が手に吸い付くように離れない。

「何故《なぜ》？」

問い掛けると、再び声が響く。

『その男は、最低の貴族。ノルンが奴隷《どれい》商に売られたのも、全てはその男の所為《せい》』

ノルンとは、半年前にクリントンの私兵に拉致された幼馴染の名前である。

「何言ってんだ。悪いのはクリントンだろ。こいつは確かに貴族だが、関係ねえ」

『違う。そいつはクリントンとグルだ。何故ならそいつは、ローファス・レイ・ライトレス。ライトレス家の嫡男だ』

「……は？」

フォルは頭が真っ白になる。ライトレスと言えば、ここら一帯の領土の元締めの大貴族だ。クリントンの私兵が、よく脅し文句《もんく》を口にしていた。

俺達《おれたち》に手を出したら、ライトレスが黙《だま》っていないと。もしも逆らえば、ライトレス侯《こう》爵《しゃく》家が大軍を率いて村を潰しに来ると。

謂《い》わばライトレスは、憎きクリントンの親玉に当たる存在。悪政の元凶《げんきょう》。

「こ、こいつが、ライトレス……？　そんな……だってこいつは、アタシ達を、ローグベルトを助けてくれて……」

『騙《だま》されるな。そいつの本性《ほんしょう》は邪悪《じゃあく》そのもの。そいつは他人の事など何一つ考えていない。その行いの全ては、己の薄汚《うすぎたな》い欲望の為だ』

「……そう言えば、出航前にそんな事言ってたな」

確かにローファスは、ライトレス領の為と、ひいては自分の為だとも言っていた。

「そうか……こいつ、ライトレスだったんだな」

自然と握《にぎ》るナイフに力が籠《こも》る。その刃《やいば》の切先を、ローファスの首筋に近づける。頭に響く自分の声は、喜び高揚《こうよう》する。

『そうだ！　刺し殺せ！　そいつはノルンの仇だ！』

ファラティアナの幼馴染ノルンが奴隷商に売られた後、再会したのは第三章《錬金帝国《れんきんていこく》編》での話。

再会と言っても、ノルンは奴隷として売られた後、帝国《ていこく》にて無理な人体実験を繰り返され、主人公勢力に発見された時には変わり果てた姿になっていた。

その時点で、元凶とされるライトレス家嫡男のローファスは、四天王として討伐された後であり、行き場の無い怒《いか》りと悲しみがファラティアナを襲《おそ》う事となった。

だが、その未来シナリオを、今のフォルは知らない。フォルは、刃を首に突《つ》き刺す寸前で止め、ナイフを力任せに投げ捨てた。

『……あ？　な、何やって……』

突然《とつぜん》のフォルの行動に困惑《こんわく》する声。何処から響くとも知れぬ声に対し、フォルは鋭《するど》く睨《にら》む。

「ノルンは連れ去られたが、死んでねえ。何をテキトーほざいてやがる」

『いや、違っ、それは未来の話で……』

「何を訳の分からねえ事を……やっぱライトレス云々《うんぬん》も出鱈目《でたらめ》か？」

『違う！　その男、ローファスは間違い無くライトレスだ！　姑息《こそく》な卑怯者《ひきょうもの》、アタシの……アタシ達の敵だ！』

「……姑息？　卑怯《ひきょう》？　誰だか知らねえが、お前があいつの何を知ってる⁉」

今のフォルにとってのローファスは、どれだけ強大な敵にも背を見せなかった。それどころか、身を挺して左腕を犠牲《ぎせい》にしてでも自分を庇ってくれた。

フォルからすれば、ローファスは故郷を救い、自分をも救ってくれた恩人である。それを不当に貶《けな》されては、心中穏やかではいられない。

『お前はまだ会って日が浅いから奴《やつ》の本性を知らないだけだ！』

確かに、フォルとローファスは出会ってから半日程《ほど》。だが、フォルからすれば、その短い期間の中で十分過ぎる程の結果と、人間性をローファスに見せ付けられた。

「お前が何をほざこうと、アタシはこいつに救われた」

『ローグベルトを、アタシ達を救うのは、アベルだ……そんな奴じゃない』

頭に響く何処か悔《くや》しさの滲《にじ》んだ声を、フォルは冷たく一蹴《いっしゅう》する。

「ローグベルトを救ったのはこいつだ。そんな奴は知らない」

途端《とたん》、白い空間に罅が入る。ひび割れ、崩壊《ほうかい》していく白一面の世界。もう、自分の声は語り掛けて来なかった。


ふとフォルが目を開けると、毛皮の中でローファスの細い首を絞《し》める様に両手で掴《つか》んでいた。急いで首から手を離し、首に絞め跡が出来ていないのを確認してフォルは胸を撫で下ろす。

「なんだ今の夢……夢魔《むま》の類か?」

内容はよく覚えていないが、あまり気分の良い夢ではなかった。

フォルは、先程よりもローファスに温もりがある事に気付き、安堵《あんど》からローファスの胸に顔を埋《うず》める。

「お前、本当にライトレスなのか……?　名前は、ローファスで合ってるのか……?」

意識の無い相手に、投げかける質問。

答えが返って来ないのは承知の上の、独り言に近い呟きだ。ローファスは、普段《ふだん》の高圧的な態度から大きく見えていたが、意識の無い今はとても華奢《きやしや》で、小さく感じた。

こうして見ると、年相応に可愛《かわい》げのある子供にしか見えない。こんな子供相手に、貴族だからと突っ掛かり、暴言を浴びせ悪態を吐《つ》き……そしてそんな子供に、故郷と自分自身を救われた。

「ほんと、何やってんだアタシ……」

フォルは罪悪感を紛《まぎ》らわす様に、ローファスに寄り添《そ》い、その身を重ねた。

＊

酷い気分だ。身体中《からだじゆう》が痛いし、頭痛も激しい。左腕も無いし、ついでに左眼も見えない。

ここまで最悪の気分になったのは、幾千幾万と殺され続ける夢を見て以来だ。意識が戻っても、当然の様に身体は動かない。

上半身を起こす事すら出来ない為《ため》、目を動かして周囲を見る。視界に映るのは、燃ゆる焚き火と、ゆらめく灯《あか》りに照らされる岩肌《いわはだ》だ。

近くからは絶えず聞こえてくる波の音。ここは浜辺付近の洞穴か何か？

幸いにも命は助かった様だが、海図を確認した限りだと、魔《ま》の海域付近に手頃《てごろ》な島など無かった筈だ。ならばここは何処なのか。

漂流している所を何処その島の住民に助けられたのか？　一緒《いっしょ》にいた筈のフォルはどうしたのか。共にこの島に漂着《ひょうちゃく》しているのか？

まあ、色々と疑問はあるが、一先ずは助かった事を喜ぶとしよう。

しかしカルロスめ。直《す》ぐに助けに来る様に言い含《ふく》めていたというのに、目覚めた時に近くに居ないとは何事か。

次会った時には灸《きゅう》を据《す》えてやらねばなるまい。ふと、悪寒《おかん》の様な嫌な気配を感じ、洞穴の端を見る。

「――!?」

そこには……青白く光るタツノオトシゴがふわふわと漂っていた。俺《おれ》はこの存在を、知っている。

「ルーナマールだと!?　貴様が何故こんな所に……!?」

青白く輝《かがや》くタツノオトシゴ――ルーナマール。こいつは、まるでタツノオトシゴの様な姿をしており、宙に浮かんでいるが、魔物《まもの》では無い。

こんな小さな形をして、膨大《ぼうだい》な魔力を内包する存在。海を司《つかさど》る、水の上位精霊《せいれい》だ。そして物語において、ルーナマールには、常に一緒に行動する存在がいた。

「貴様がここに居るという事は——ぐっ⁉」

無理に身体を起こそうとするが、左半身が酷く痛み悶《もだ》える。

幾千幾万と殺された事で痛みには多少の耐性《たいせい》はあるつもりだが、それでも痛いものは痛いし、動かないものは動かない。

だが動かねばならない。ルーナマールがここに居るという事は、近くに奴がいる可能性があるのだ。

「ぐ、ぬぬ」

俺が一人痛みに悶えていると、俺に掛けられていた毛布——と呼ぶには些《いささ》か薄汚い獣《けもの》の毛皮が、むくりと動いた。

毛皮がはだけ、中から出てきたのは、肌に一糸纏《まと》わぬ姿の少女だった。少女は俺を見ると、どこかやつれた顔に安堵を浮かべる。

「目、覚めたんだな……」

それを見て俺は、目を剝《む》いて仰反《のけぞ》る。俺はこの少女——いや、この女を知っている。

今は物語開始よりも三年前の為、当時よりも幼さはあるが、この金髪《きんぱつ》に翡翠《ひすい》の瞳《ひとみ》は忘れようも無い特徴だ。

何より、水の上位精霊ルーナマールが共に居る時点で間違《まちが》い無い。

物語におけるヒロインの一人。主人公勢力の中で、俺に対して最も強く、執拗に敵意を向けてきた女。

水の上位精霊ルーナマールを相棒とする、精霊憑《せいれいつ》きの女船乗り。

「ファラティアナ・ローグベルト……！」

俺は反射的に上体を起こし、手の中に暗黒球《ダークボール》を形成しようとして――それが出来ずに血を吐いた。

「――かはっ」

くそ。魔力枯渇の影響か、魔法を行使するだけの魔力が足りず、身体が拒絶《きょぜつ》反応を起こしたのだ。

まさか、下級魔法一つ行使する魔力すら回復していないとは……。通常に比べ、魔力の回復が遅《おそ》過ぎる。

く、フォルの奴は何処に行った。こんな凶悪な女と二人きりなど冗談では無いぞ。マジで殺される。

「――ッ!?　おま、大丈夫《だいじょうぶ》かよ!?」

俺が吐血《とけつ》した事に驚《おどろ》き、背中をさすってくるファラティアナ。どういうつもりだ。なんだその心配そうな声は。

貴様は俺に対して理不尽《りふじん》な罵倒しか口にしないイカれ女だろうが。そもそも何故、ファラティアナがこんな所に居る。

まさか、幾千幾万と殺され続けた夢の続きではないだろうな。

「離《はな》れろ……！　貴様、俺を殺す気なんだろう……！」

「は、はあ⁉　……あ、首を絞めた事か？　意識、あったのか……あれはすまん、変な夢を見たというか、寝相《ねぞう》が悪かったというか……」

胸やら下半身やらを隠しもせずにも目を逸《そ》らしながら言い訳をするファラティアナ。まずは前を隠せ、羞恥心《しゅうちしん》とか無いのか貴様は。

というかこいつ、俺が寝ている間に首を絞めて殺害を試みたらしい。やはりこの殊勝《しゅしょう》な態度は俺を油断させる為の演技か。

しかしだ、ならばどうしてそのまま殺さなかったのか。絶好のチャンスだった筈《はず》だ。まさか、俺が魔力枯渇である事を知っていて、魔法を使えず、碌に抵抗《ていこう》出来ない状態の俺を痛め付けて殺す為に……？

残忍《ざんにん》なファラティアナの事だ、十分にあり得る。何かされていないだろうなと、自身の身体を確認《かくにん》する。

「あ、うん……？」

どういう訳か、俺の身体には不器用ながらも治療《ちりょう》された様な跡があった。身体中に施《ほどこ》された、包帯代わりに巻かれた破られた布。

そして、失った左腕——肘《ひじ》の傷口は、見覚えのあるバンダナで縛られていた。見間違《みまちが》えよう筈がない。

この平民感丸出しの古びたバンダナは、フォルがしていたものだ。よく見れば身体に巻かれた布も、フォルが着ていた衣服を破って作られた物に見える。

これは、どういう事だ。この治療をしたのはフォルで、当のフォルは治療した後にファラティアナを置いて姿を消したのか？

まさかファラティアナが、フォルの衣服を用いて治療するなんて事は流石《さすが》に無いだろうが。分からん、何がどうなってこの状況になったというのか。

俺が警戒《けいかい》を解かずにいると、ファラティアナは今更《いまさら》ながらに己《おのれ》が裸《はだか》である事に思い至ったのか、毛皮を俺から引ったくる様に奪《うば》うと、抱く様にして前を隠した。

そして僅かに顔を赤らめ、鋭い目付きでこちらを睨みながら一言。

「あんまじろじろ見んな……」

……見てない。なんだその普段気の強いヒロインが主人公にのみ見せる照れと羞恥《しゅうち》が混ざり合った様な顔は。

色気付くなよイカれ女が。あれだけ人の事を罵倒し、執拗に殺し続けておいて、今更そんな態度見せられてもマジで何も感じんぞ。

「つか、オレ――いや、アタシの本名知ってたんだな……」

「あ？」

「今さっきファラティアナって呼んだろ。兄貴……いや、親父《おやじ》に聞いたのか？　言えよな。知ってたなら男のフリなんかする事無かったじゃんか」

「兄貴に、親父？　男のフリだと……？　貴様、さっきから何を言って……」

ファラティアナが何を言っているのか分からず、暫《しば》し奴の顔を見据《みす》える。いや、待て。よく見るとこの顔、どこかフォルに……。

「――はっ？」

そして思い至る。今の今まで、疑いすらしなかったその可能性に。よく見ればこの刺す様に鋭い目付き、そしてこの細身で小柄《こがら》な背丈《せたけ》。

フォルの特徴と一致していないか？

「――き、きさッ……貴様ッ……そんな、そんな馬鹿な事が……！」

「いや、何をそんな驚いてんだよ……」

俺はあまりの衝撃《しょうげき》に天を仰《あお》ぐ。嘘《うそ》だろ。確かにフォルは、体格の良い男共の中でも、随《ずい》分《ぶん》と華奢な身体つきだとは思っていたが。

それは若さ故と、特に疑問は抱かなかった。というか、フォルはどう見ても男にしか……平民のやんちゃな悪ガキにしか見えなかった。

いや、目の当《ま》たり《あ》にした今でも信じられん。何かしらの見間違いだったのではないか？

俺は毛皮の端を持ち、ファラティアナ――フォルの身体を確認するべく捲《まく》り上げる。

「うあああ⁉」

フォルの絶叫《ぜっきょう》に近い悲鳴と共に、直ぐに振《ふ》り払《はら》われてしまった……が、その身体はしっかりと確認できた。

乳房《ちぶさ》があり、下半身に男根は無く、貧相《ひんそう》ながらも女性らしい身体つき。ああ、どう見ても、誰が見てもこいつの性別は女だ。

「な、何しやがる⁉　裸で一緒に寝《ね》てたのはそういう事じゃ……これは冷えたお前の身体を温める為で……！」

「ああ……？」

ふと、俺は自身の状態と、周囲の状況を改めて見る。魔力枯渇《まりょくこかつ》で海に晒《さら》され、衰弱《すいじゃく》していたであろう俺。

そして一糸纏わぬ姿で、まるで暖をとるかの様に寝床を共にした様子のフォル。

ふと、昔父上の書斎《しょさい》で読んだ有名冒険家《ぼうけんか》が書いた航海日誌に、似た展開があったのを思い出す。航海中に海難事故に遭《あ》い、無人島に漂着する。

そして近場の洞窟《どうくつ》で、相棒の女冒険家と裸で身体を温め合い、命を繋《つな》いだ、と。今の状況は、正にそのベタな展開そのものではないか？

俺は色々と状況を察し、深い溜《た》め息《いき》を吐く。

「……成る程、随分と世話を掛《か》けた様だな」

「な、なんだよ、急に改まって」

「……しかし分からんな」

「あん？」

分からん、こいつの目的が。こいつは貴族を嫌《きら》っていた筈だ。にも拘《かか》わらず、文字通り、その身を使ってでも貴族である俺を助けた。

まだ男も知らん様な小娘《こむすめ》に見えるこいつが、裸で親しくもない男と寝床を共にするなど、普通《ふつう》であれば考えられん。

そもそもこいつはフォルだが、その正体はあの残忍極《ざんにんきわ》まり無いファラティアナだ。確かに俺は、よくよく考えれば、まだこいつに恨まれる様な事はしていない。

物語で殺され続けたとは言え、今この段階で殺される理由は無い筈だ。いや、そもそも当の物語上でも殆ど八つ当たりに近い憤《いきどお》りをぶつけられていたのだがな。

「貴様は、貴族を嫌っていた筈だ。そこまでして俺を助けた目的はなんだ？　見返りの金銭を期待しての事か？」

「いや、何言ってんだ。助けるだろ普通に。金はまあ欲《ほ》しいけど、これで貰《もら》うのは違《ちが》う気がするな」

真顔でそんな事を言われてしまった。金銭目的でも無いだと？　しかも普通ってなんだ、なんで俺が下民風情《ふぜい》に倫理《りんり》を説かれるような感じになっているんだ。

「普通、だと？」

「お前だってアタシを助けたろ？」

それはまさか、【魔鯨《まげい》】の白熱線の事を言っているのか？　あれは寧《むし》ろ、【魔鯨】の攻撃《こうげき》を防ぎ切れなかった俺の方に落ち度があった。

その落ち度の責任を他者に支払《しはら》わせるのが、貴族として、ライトレス家の嫡男として我慢《がまん》ならなかっただけだ。

「……お前はどう思ってるか知らねえけどな、アタシは命を助けられ、あの魔物を討伐《とうばつ》し

てくれた事で、きっとローグベルトも救われる。そんな大がつく程の恩人が死に掛けてるってのに、助けない訳ねえだろ」

「……」

真《ま》っ直《す》ぐに向けられる、混じりっ気無しの好意的な感情。こんな事を言われたのは、生まれてこの方初めての事だ。

俺は、それをどう受け止めたら良いものか分からず、目を逸らした。

「……勘違《かんちが》いするな。貴様ら下民の為にやったんじゃない」

「お前がそう言うだろうってのは分かってるよ。だから、これはこっちが勝手に感謝してるだけの話だ。お前は黙って助けられとけよ」

「なんだ、それは」

身も蓋《ふた》もあったものではない。フォルは毛皮で前を隠したまま、俺の顔を覗《のぞ》き込《こ》む様に近寄って来た。

「ロー、ファス」

「は？」

「名前。ローファス、で良かったよな？」

「……当たり前だろう」

こいつは今更何を言っているのか。まさか今の今まで知らなかったのか？　まあ、確かに名乗った覚えはないが。

「ローファス、身体が冷えてるぞ。ったく、折角《せっかく》温めてやったのに」

「貴様が毛皮を取ったからだろうが」

そう返すと、フォルは毛皮を広げて俺と彼女《かのじょ》の身体を包み込む。

「そのまま動くなよ」

毛皮の中で肩《かた》同士が触《ふ》れ合う程に身体を密着させてくるフォル。

「……何のつもりだ」

「海辺の夜は冷えるからな。こうでもしないと凍死《とうし》するんだよ」

「……いつまでそんな格好でいる気だ」

「服は、お前の治療に使ったんだよ……」

ああ、そうだったな。フォルの服は破られ、俺の包帯代わりに使われていたのだった。

「治療の魔法も、なんでか使えなくなってるし……」

治癒魔法《ちゆまほう》が使えなくなっただと？　原因は魔力《まりょく》不足か？　或《ある》いは神への信仰心《しんこうしん》不足？

ふむ、分からん。

「あんまこっち見んなよ」

だから見てない。

「俺の外套《コート》はどうした？」

「あー……」

フォルは言いづらそうに目を伏《ふ》せた。

「ここに運ぶ前に浜辺で脱《ぬ》がして、後で取りに行ったら無くなってた。多分、波に流された……すまん」

「……そう、か」

では外套《がいとう》の懐《ふところ》に入れていた各種ポーションも一緒に海の藻屑《もくず》か。ポーションがあれば少しは体力や魔力の回復の足しになったのだが、まあ無いものは仕方が無い。


そこからは色々な話をした。話したと言っても、フォルの奴が終始話し続けるのを、ただ黙って聞いていただけだが。

その都度、興味無いと一蹴しても特に気にした様子も無く次の話題を持ち出してくるメンタルには、呆《あき》れるものがあったが。

ファラティアナと名付けたのは、幼い頃に病気で亡《な》くなった母親で、お姫様《ひめさま》の様に綺麗《きれい》になって欲しいという願いを込めて名付けられたそうだ。

確かに、平民には似合わぬ大仰《おおぎょう》な名前とは思ったが。

その母親はいたくフォルを可愛がっていた様で、将来きっと運命の騎士様《きし》が迎《むか》えに来てくれる、なんて話をよくされていたそうだ。

がさつなグレイグの妻とは思えぬ、脳内に花でも咲《さ》いていそうな女だな。

「あ、そう言えば、あの鯨《くじら》と戦うローファスは勇敢《ゆうかん》で、まるで騎士様みたいだったぞ」

などと揶揄《からか》う様にフォルは言ってきた。何故王国の上級貴族であるこの俺が、より階級が下の騎士として見られなければならないのか。

馬鹿にしているのかと怒《おこ》ると、何故か笑われた。なんだこいつは。

他にも、幼少の頃に長兄《ちょうけい》のログと次兄《じけい》、そしてフォルの三人で海辺を探検し、海から迷《まよ》い込んだハグレ半魚人《マーマン》を兄弟で協力してどうにか撃退《げきたい》し、後でその危険行為《こうい》がバレてグレイグに手酷《てひど》い拳骨《げんこつ》を食《く》らった、とか。

小さな頃から一緒に育った幼馴染の少女との思い出の話とか。本当に、どうでも良い話を延々と。後から思えば、俺を寝かさない為に話を続けていたのだろう。

雪山で遭難《そうなん》し、眠《ねむ》る事が死に直結するように。雪山程ではないにしろ、この洞穴の中も思いの外冷える。

焚火《たきび》を灯しているとは言え、洞穴の奥《おく》が何処《どこ》かに繋がっているのか、出口から時折、磯《いそ》臭《くさ》い寒風が吹《ふ》き抜《ぬ》けている。

冷えた洞穴《ほらあな》で二人、温《ぬく》もりを分け合いながら、夜が更《ふ》けていった。

＊

——ちゃーん！

——坊ちゃーん!!


聞き慣れた呼び声に目を覚ます。この声は間違えようも無い、カルロスの声だ。声は洞穴の外から聞こえて来ている。

寝ない様にしていたつもりが、どうやらフォルのどうでも良い話を聞いている内に意識を手放していたらしい。

魔力を集中し、手のひらに小型の暗黒球《ダークボール》を生み出してみる。ふむ、どうやら魔力は、全快には遥《はる》かに程遠《ほどとお》いが、多少は回復したらしいな。

これならば最低限の下級魔法ならば問題無く扱《あつか》えるだろう。【魔鯨】と繰《く》り広げた様な戦闘《せんとう》は、当然無理だがな。

俺の隣《となり》では、フォルが俺の肩を枕《まくら》にする様にもたれ掛かり、すうすうと寝息《ねいき》を立てていた。

「おい起きろ。迎えだ」

「ム……………んあ!?」

声を掛けると、フォルは暫し寝惚《ねぼ》けたように俺を見つめ、驚いた様に飛び起きた。

「嘘っ、寝てたのかアタシ!?」

ああ、寝ていた。

「ローファス生きてるかお前!?」

「当たり前だろうが」

誰が起こしてやったと思っているんだこいつは。

「それよりもここを出るぞ。漸《ようや》く迎えが来たようだからな」

毛皮をフォルに押《お》し付け、ふらつきながらも立ち上がる。フォルは俺が押し付けた毛皮を投げ捨て、慌《あわ》てたように俺の肩を支えて来た。

「おい、無理すんなよ」

「魔力は多少回復したから問題無い。随分と殊勝な心掛《こころが》けだが、しかし貴様は……まさかその格好のまま出て行く気か？」

「……ぁ」

一糸纏わぬ姿のフォルは、急いで毛皮を拾い上げ、肌《はだ》を隠すように包《くる》まった。全く、何の為に毛皮を渡《わた》してやったと思っている。

魔力を身体に通し、歩行状態も問題無い。フォルを連れて洞穴を出ると、近海に付けられた本船と、浜辺《はまべ》を散策する船乗り共とカルロスが目に入った。

カルロスはこちらに気付くと、凄《すさ》まじい勢いで駆《か》けてきた。

「ローファス坊ちゃーん！」

号泣《ごうきゅう》しながら縋《すが》り付いてくるカルロス。その手には、ここらの近海で漂《ただよ》っているのを拾い上げたのか、びしょ濡《ぬ》れの俺の外套が握られていた。

「よくぞ、よくぞご無事でえええ！」

「触るなカルロス、鼻水が付くだろうが」

泣き縋って来るカルロスを鬱陶《うっとう》しく思っていると、他の船乗り共も集まって来た。

俺とフォルの無事な姿を見て、歓喜《かんき》の声を上げる船乗り共。そんな船乗り共を掻《か》き分け、現れたのは一際《ひときわ》大柄《おおがら》なログだ。

「無事だったか！　フォルも！」

「触んじゃねえ！」

「え――ぐぼっ⁉」

抱き着こうとしたログは、フォルに躱《かわ》され、蹴《け》りを入れられていた。勢い余って、倒《たお》れ込むログ。そして唸《うな》りながら砂に塗《まみ》れた顔を上げたログは、目を剥いた。

「え」

どうやら、フォルが羽織る毛皮の下が裸である事に気付いたらしい。ログはじっとフォルを見つめ、ぎぎぎと首を回しながらその視線を俺に移す。

フォルは睨む様にログを見下ろしながら、その身を隠す様に俺に寄り添って来た。

「……えっ」

間抜《まぬ》けなログの声が響く。こいつ、間違いなく何か妙《みょう》な勘繰《かんぐ》りをしているな。

そんな一幕がありつつも、そのまま俺達は本船に保護され、無事にローグベルトへ帰還《きかん》する事が出来た。

ローグベルトへの帰路の道中、ログの奴が俺とフォルとの関係性やらあの洞穴で何があったのかやらを頻《しき》りに聞いて来たが、俺が何かを答える前にフォルから回《まわ》し蹴《げ》りを喰《く》らっていた。

カルロスの奴も、フォルが女である事には驚きを隠せていなかったが、それ以上の反応は無かった。

ログの様に何かを言及《げんきゅう》して来る事も。因《ちな》みに、俺とフォルが漂着したあの島だが、なんと魔の海域にあったらしい。

地図に載《の》っていない、発見されていない島なんだとか。魔の海域は、古くから伝わる船喰いの悪魔《あくま》の伝説から、立ち入る船も少なく、未知の部分も多い。

発見されていない島があっても不思議では無いが、今回はそれに助けられた様だ。そう言えば、水の上位精霊ルーナマールだが、いつの間にかその姿を消していた。

フォルに聞いてみたが、フォル自身もよく分からないそうだ。

そもそも、ルーナマールを目にしたのも今回が初めてで、《初代の御業《みわざ》》が引き起こした嵐《あらし》の中、あの無人島に導いてくれたらしい。

ふむ、物語ではルーナマールは、ファラティアナの相棒として常について回っていたのだが……流石に、どういう経緯《けいい》で相棒になったかまでは知らない。

しかし、《初代の御業》が天候を変え、嵐を呼んだのは想定外だったな。フォルが居なければ、確実に死んでいただろう。

その嵐もあり、俺達の捜索《そうさく》が難航して発見に時間が掛かったとカルロスが土下座しながら謝罪していた。

嵐は俺の行いによる所が大きいので、寛大《かんだい》な心でもって不問にしてやったがな。

さて、そんなこんなで漸くローグベルトへの帰還である。人生初の航海がまさかこんな最悪なものになるとは思わなかった。

左腕《ひだりうで》を失い、ついでに左目の視力も失った。魔力枯渇になり、無人島で遭難までした。だが生きて帰って来れた。それだけでも僥倖《ぎょうこう》と言えよう。

帰って来たローグベルトでは、グレイグを筆頭に住民達《たち》がむさくるしく出迎《でむか》え――る事は無かった。漁村ローグベルトは、どういう訳か漆黒《しっこく》の甲冑《かっちゅう》を纏った集団に、占領《せんりょう》されていた。

05✦宴

ローグベルトの桟橋《さんばし》に着けた本船は、漆黒のフルプレートアーマーを纏った騎士《きし》の集団に出迎えられる形となった。

漆黒の騎士は皆《みな》、同様の甲冑を纏ってはいるが、武器に関してはそれぞれが独自の得物を持っており、統一性を感じられない。

ローグベルトの浜辺に横並びに整列する漆黒の騎士。代表の様に桟橋に上がって来たのはハルバードを持った騎士だった。

それを本船から見た船乗り達は、一様に警戒を露《あら》わにする。

「なんだあいつら……親父は、村の皆は何処《どこ》だ」

険しい顔で呟《つぶや》くログ。

「クリントンの手下共め、アタシ達の留守を狙《ねら》いやがったか⁉」

「落ち着け馬鹿者」

正に飛び出して単身突っ込む寸前だったフォルの首根っこを掴んで止めた。

「な、放せよローファス！　あいつら、ただじゃおかねぇ！」

「騎士の掲《かか》げる旗を見ろ」

騎士が掲げる旗、そして騎士が纏うマントに装飾《そうしょく》された太陽を喰らう三日月の紋章《もんしょう》。

「貴様らも覚えておけ。そして決して忘れるな。あれが貴様らの支配者たるライトレス家を象徴《しょうちょう》する紋章だ」

俺は足に魔力を通し、外套をはためかせながら単身桟橋に降り立った。それに続くように、カルロスも降りて来る。出迎えた騎士は、俺の姿を見ると即座《そくざ》に跪《ひざまず》く。

それを合図にするかの様に、浜辺の騎士達も一斉《いっせい》に跪いた。漆黒の騎士――こいつらは我《わ》がライトレス侯爵《こうしゃく》家が保有する固有の戦力だ。

一般《いっぱん》騎士の中から選抜《せんばつ》された、一人一人が当千の力を持つ実力者達。ライトレスの象徴である、暗黒色の鎧《よろい》を身につける事を許された――人呼んで暗黒騎士。

その折り紙付きの実力から、単独任務の多い奴らが、こんなにもわらわらと集まりお出迎えとはな。

俺の目の前で跪く、ハルバードを持つ暗黒騎士は、フルフェイスの兜《かぶと》を脱いだ。端整《たんせい》な顔立ちの、白い長髪《ちょうはつ》の男だった。

「ご無事で、若様」

「やはり貴様か、アルバ」

一人一人が当千の力を持つ暗黒騎士の中でも、一際高い実力を持つ男。

ライトレス家当主である父上の近衛であり、懐刀《ふところがたな》。暗黒騎士筆頭──アルバ。

「貴様が動いたという事は、父上の指示か。何故俺《なぜおれ》がここに居ると分かった？」

「……旦那様《だんなさま》が痛く心配されておりました。直ぐに本都へお戻《もど》りください」

アルバの、質問の答えになっていない返答に、俺は鼻を鳴らす。

「答えになっていないな。この俺を舐《な》めているのか貴様」

「滅相《めっそう》もございません。ただ、あまりカルロス様に無理を言わぬ様にと、旦那様より言伝《ことづて》です」

アルバの言葉に、俺はカルロスを睨む。カルロスめ、出掛《でか》ける前に父上宛《あて》に置き手紙でも残してきたな。出立前、父上への報告は事後に俺が行うと言った筈だがな。

「カルロス。貴様、余計な真似《まね》を……」

「……申し訳ありません」

カルロスはただ平に頭を下げ、謝罪の言葉を口にする。俺はそれに、舌打ちをする。全く、本当に余計な事をしてくれたものだ。

「若様、カルロス様も若様を思っての事──」

「黙《だま》れ。貴様、俺とカルロスの間に入るとは何様のつもりだ。次、許可無く言葉を発してみろ。その腹に風穴を開けてくれる」

「……御意《ぎょい》に」

不届にもカルロスをフォローしようとしたアルバを黙らせる。これは俺とカルロスの間の事柄《ことがら》だ。

たとえ父上の近衛だろうが、騎士筆頭だろうが、貴様程度が割って入れると思わぬ事だ。

「それよりも、だ」

俺は暗黒騎士に占領されたローグベルトを見て言う。

「これはどういう事だ。住民の姿が見えんが」

「……住民に若様の居場所を尋《たず》ねた所、少々話が通じず、何故《なぜ》か暴動が起きた為、止《や》むを得《え》ず鎮圧《ちんあつ》しました」

ローグベルトの住民は、グレイグを筆頭に貴族に属する兵士に対して良い感情を持っていなかった。

クリントンの私兵に度々《たびたび》略奪《りゃくだつ》や拉致《らち》を繰り返して行われていたのだ。

暗黒騎士の見た目は、質の良い装備からどう見ても野盗の類では無く、王国軍部――兵士に属する者達だ。

こんなタイミングで、兵士と思《おぼ》しき完全武装した集団が来れば、警戒を通り越《こ》して即迎《そくげい》撃《げき》態勢に入ってもおかしくない。

「殺したのか？」

「いえ。暴れる者は拘束《こうそく》、そうで無い者は村の一角に集め、収容しています」

「そうか……」

もしも村人に犠《ぎ》牲《せい》が出ていれば、フォル――ファラティアナとの関係に亀《き》裂《れつ》が入っていただろう。

ライトレスの手の者が、ローグベルトの住民を殺害……ライトレスに対して敵対感情を抱《いだ》くには十分な理由だ。

俺が左腕を犠牲にしてまでやった事が、全て無駄《むだ》になる所だった。俺は優《やさ》しくアルバの肩に手を置く。

「……それは良かった。もしも一人でも手に掛けていれば、たとえ騎士筆頭の貴様だろうが、この俺が手ずから殺していた所だ」

俺がそういうと、終始澄《す》まし顔だったアルバの頬《ほお》に汗《あせ》が流れる。

「それは……」

「喋《しゃべ》るな。それ以上の発言は許可していない。いいか、村の連中を即刻《そっこく》解放しろ。あの船の連中が暴動を起こす前にな」

本船に乗る船乗り達の視線に気付いたアルバは、静かに頭を下げる。

「……御意に」

アルバの行動は早かった。テキパキと他の暗黒騎士に指示を飛ばし、拘束され、収容された住民達は瞬《また》く間《たま》に解放される。

解放され、いの一番にこちらに駆けて来たのはグレイグだった。

「テメェら！　よく無事で帰って来やがったなこの野郎《やろう》共め！」

グレイグはログに抱きつき、若《わか》い衆《しゅ》一人一人に抱きついて回り、そしてフォルには逃《に》げられていた。

ひとしきり再会のハグをした後、グレイグは俺とカルロスに向き直る。

「無事で何よりだ、坊主《ぼうず》！　魔物は討伐出来たのか？」

グレイグが俺を坊主と呼んだ瞬間《しゅんかん》、周囲の暗黒騎士が殺気立った。剣《けん》の柄《つか》に手を掛ける者までいる。俺はそれに、手を出すなと睨《にら》みを利《き》かせる。

「思いの外手強《てごわ》かったが、何とかな。詳《くわ》しくはログかフォルにでも聞け。これで凶暴化《きょうぼうか》した魔物被害《まものひがい》も収束し、少しすれば魚も獲《と》れるようになるだろう」

グレイグは感激した様に目に涙《なみだ》を浮《う》かべる。

「ああ、感謝しかねぇ。俺《おら》ぁ、坊主に何を返せば良いんだぁ」

「いらん。下民に何かを返される程《ほど》、落ちぶれてはいない。それよりも、うちの手の者が手間を掛けたな」

「いや、こっちこそすまねぇ。てっきりクリントンの手下が性懲《しょうこ》りも無く来たのかと暴れちまった……坊主の所の兵士だったんだな」

暴れたと言っても貴様等は何も出来ずに即鎮圧《そくちんあつ》された様だがな。まあ、うちの暗黒騎士はその辺の兵団を単身で殲滅《せんめつ》できる程の実力者がごろごろいる腕利《うできき》の集団だ。

こんな寂《さび》れた漁村の村人による暴動に手間取る事があろうものなら、それは即解体ものの不祥事《ふしょうじ》だ。

「怪我《けが》をした者が居たら言え。うちのに治療させる」

「はっ、心配いらねぇよ。ちょいと小突《こづ》かれた位で怪我する程、うちの連中は柔《やわ》じゃねぇ」

そう言い、豪快《ごうかい》に笑うグレイグ。そこで、カルロスが口を挟《はさ》んで来た。

「談笑《だんしょう》中の所、申し訳ありません。坊《ぼっ》ちゃんは少々お疲《つか》れでして、何処か休める場所をご用意頂けませんか」

「お？　まぁ、確かにこんな所で立ち話もなんだな。それなら……」

「――うちに来いローファス。うちなら、診療所《しんりょうじょ》も近い」

グレイグが言い終わる前に、フォルが遮《さえぎ》る様に出て来て俺の外套を申し訳程度に掴《つか》み、誘導《ゆうどう》する様に引いて来る。俺はそれに、溜息《ためいき》混じりに応じて付いて行く。

「お、おい、フォル？」

「こっちだ」

困惑《こんわく》するグレイグを無視し、グイグイと引くフォル。だが、まるで俺を気遣《きづか》う様に、その歩みは随分とゆっくりだ。

全く、変な気を使いおって。フォルは、俺にだけ聞こえる様に小声で話しかけて来る。

「馬鹿、親父の相手なんかしてる場合じゃないだろ」

「誰《だれ》が馬鹿だ」

「立ってるのだってやっとだろ……なのに、格好付けて船からあんな飛び降り方しやがって」

「格好付けてなどいない。それに、魔力があるのだから、立って歩くのに支障は無い」

「魔力あっても傷が治る訳じゃねえだろ。強がんなよ」

「強がってない」

こいつ、どういうつもりだ。この俺に説教じみた真似などしおって。そんな俺とフォルのやり取りを、近くでじっと見ていたカルロスが、ぼそっと一言。

「失礼ですが、本当に何も無かったのですよね？」

「貴様まで何を言っている⁉」

「何も無いに決まってんだろ！」

木霊《こだま》する俺とフォルの絶叫。

後ろからぞろぞろと続く、ログは神妙《しんみょう》な顔で「やはり……」なんて意味深に呟き、グレイグは「えっ……フォルと、坊主が？　はぁ⁉」なんて驚愕《きょうがく》した顔を見せている。

我ながら思う。何だ、この愉快極《ゆかいきわ》まり無《な》い喜劇の様なやり取りは。各々《おのおの》好き勝手言いおって、ふざけるのも大概《たいがい》にしろよ貴様ら。

そんな中、終始無言で付いて来ていた騎士筆頭のアルバが、後ろに付いていたカルロスの警戒をすり抜け、音も無く俺の横に来た。

「……！」

カルロスが目を剥《む》いて驚いている。カルロスすら捉《とら》えきれぬ程の、気配を消した動き。

裏を返せば、こいつが暗殺者であればカルロスはそれを止められなかったという事だ。

アルバめ、騎士筆頭の名は伊達《だて》では無いという事か。

アルバはじっと、無表情に俺を見つめ、ぼそりと呟く。

「……発言の許可を」

ああ、そう言えば許可の無い発言を禁じていたな。

「良いだろう。カルロスを抜いた褒美《ほうび》だ。発言を許してやる。言ってみろ」

「では……先程《さきほど》より、若様の足取りに、やや違和感《いわかん》がございます。それにその……若様とやけに親し気なその者の先程からの発言。まさか、お怪我をされているのですか？」

「そうだな。確かに俺は、浅く無い傷を負っている。アルバよ、良い観察力だな、褒《ほ》めてやるぞ」

流石は、ライトレスの騎士団《きしだん》の長の座をカルロスから引き継《つ》いだ者だけあるな。

「それに、これは推測ですが……若様、よもや片目が……左目が見えていないのではありませんか？」

「そんな事まで分かるのか？」

何故、そんな事まで分かるのか。身体の大半を外套で覆《おお》い隠《かく》している以上、外見からは傷を負っているのは分かりにくい。

本来であれば歩く事すら厳しいが、魔力を通して無理矢理《むりやり》歩いている状態だ。

恐《おそ》らく、歩行から感じた僅《わず》かな違和感と、フォルが俺を気遣う発言から怪我をしていると予測したのだろう。

これはまあ、優《すぐ》れた観察力があれば気付かれてもおかしくは無い。だが、左目が見えない事がバレた理由が分からない。

無意識に片目が見えない仕草でもしていたのか？　というか、片目が見えない仕草ってどんなだ。

驚《おどろ》きを通り越して、最早《もはや》ドン引きだ。気持ち悪ささえ感じるぞ。アルバはあまり表情を変えないタイプだが、この時は刺《さ》す様な目でカルロスを見た。

「カルロス様……貴方《あなた》がついていながら……」

殺意すら感じる程の低い声。その目に浮かぶのは、カルロスへの怒《いか》りと、そして失望。カルロスもそれには、目を伏せるのみだ。

「この傷は俺が、俺自身の責任で負ったものだ。これ以上は言わせるなよ」

「……は。出過ぎた真似を致《いた》しました」

俺の言葉に、アルバは潔《いさぎよ》く引き下がる。

「……終わったか？　もう直《す》ぐそこだから、早く行こうぜ」

痺《しび》れを切らしたフォルが指差す先には、丘《おか》の上に立つ木造の平屋があった。期待していた訳では無いが、良くも悪くも下民らしい家だ。

「ボロいな。隙間風《すきまかぜ》が凄《すご》そうだ」

「うっせえな。野晒《のざら》しよりはマシだろうが。良いから入れっ」

フォルにぐいぐいと背を押され、家の中に通される。と、ここでアルバが、俺の背を押していたフォルの手首を取った。

「あ？」

突如《とつじょ》手を握《にぎ》られ、呆気《あっけ》に取られるフォルを、アルバは感情の無い目で見る。

「君、先程から若様に対し少々無礼が過ぎる。若様とは随分と親密な様だが……君は、女か？　いや、まさかとは思うが、若様とはどのような関係……」

俺は暗黒球《ダークボール》を放ち、くだらぬ事をほざくアルバを吹き飛ばした。吹き飛んだアルバは、平屋の玄関《げんかん》を半壊《はんかい》させ、そのまま外の岩場にめり込んだ。

突然《とつぜん》の出来事に騒然《そうぜん》とする周囲を他所《よそ》に、俺は岩場にめり込んだアルバの下まで歩き、冷たく見下ろす。

アルバの胴甲冑《どうかっちゅう》は、俺の暗黒球《ダークボール》を受けて風穴が開いており、アルバの鍛《きた》えられた腹部が露出《ろしゅつ》していた。まさか、俺の魔法《まほう》の直撃《ちょくげき》を受けて貫通《かんつう》しないとはな。

「いつ、俺が発言を許した？　下らぬ事をべらべらと……しかし、宣言通り腹に風穴を開けてやろうと思ったが、流石《さすが》は暗黒騎士の筆頭。随分と頑丈《がんじょう》じゃないか」

アルバは口から流れる血を拭《ぬぐ》うと、何でも無いかの様にめり込んだ岩場から抜け出し、俺の前に跪く。

「ご不快に感じられたなら、謝罪を致します」

「もう良い、失《う》せろ。目障《めざわ》りだ」

「御意に……急ぎ腕利の治癒《ちゆ》術師を送りますので、しばしお待ちを」

アルバはそれだけ言い残すと、自身の影《かげ》の中に溶《と》ける様に消えた。影から影に転移する魔法——影渡り《シャドウムーヴ》か。

転移魔法は、高い技術が要求される高度な魔法、それを無詠唱《えいしょう》で使いこなすとはな。腕は間違《まちが》い無く良いのだが、なんとも奴《やつ》は癪《しゃく》に触る。

「悪いな、玄関が壊《こわ》れた。修理費は出す」

呆気に取られるグレイグに声を掛けると、苦笑《くしょう》しながらサムズアップした。

「お、おう。気にすんな。丁度風通し悪《わり》ぃと思ってたんだ。ほら、遠慮《えんりょ》なく上がってくれ」

しかしフォルはと言えば、眉間《みけん》に皺《しわ》を寄せて俺に近づいて来ると、外套の裾《すそ》を強く引く。

「おい！　いくら何でもやり過ぎだ。あの白髪《しらが》の奴、ローファスの所の兵士なんだろ？　魔法をぶつけるなんて、何考えてんだ！」

なんか、フォルに凄い剣幕《けんまく》で怒られた。なんで俺が怒られるんだ。しかも玄関を壊したからではなく、アルバに魔法を放ったから、だ。

何故貴様が怒る？　訳がわからん。

「もう良いから入るぞ」

「おい引っ張るな。一人で歩ける」

そしてそのまま、フォルに引っ張られながら、俺は家の中に通された。

＊

通された家のソファに腰掛《こしか》け、右からはカルロスより治癒魔法を掛《か》けられ、左からはフォルより診療所から取ってきたであろう包帯を身体に巻かれていた。

そうこうしていると、一人の暗黒騎士が訪ねてきた。その手には黒を基調としたワンドが握られている。

そう言えばアルバの奴が腕利の治癒術師を送ると言っていたな。そいつは家に入るなり、フルフェイスの兜を外して優雅《ゆうが》にお辞儀《じぎ》して見せた。

その騎士は黒髪《くろかみ》の若い女だった。暗黒騎士に女が居たとは知らなかったな。甲冑姿だが、お辞儀をする際に、ありもしないスカートの裾を持つ仕草をしている。

板に付いたその姿から、恐らくは、何処その貴族の令嬢《れいじょう》なのだろうと当たりをつける。

しかし、随分《ずいぶん》と若く見えるな。歳の頃《ころ》は二十代前半か、下手をすれば十代後半だ。

暗黒騎士は完全実力制なので、腕は確かなのだろうが。女騎士はお辞儀を終えて頭を上げると、身体中《からだじゆう》に包帯を巻き、その上左腕が無い俺の姿を見て絶句した。

血の気が引くとは正しくこの事だろう。

「し、失礼致します……」

女騎士は、わなわなと震《ふる》えながら俺に近づくと、フォルが隣に居るのも構わず、無い左腕を観察する様に顔を近づけてきた。

「負傷しているとは聞いていましたが……まさかこんな……ご自身で歩かれていたので、てっきりもっと軽いものと……」

「御託《ごたく》は良いからさっさと治癒魔法《ちゆまほう》を掛けろ。腕利なのだろう?」

「無論、治療致《ちりよういた》しますが、これは……そう単純な傷ではありません。この左半身を覆う強力な魔力の痕跡《こんせき》……まるで、呪《のろ》いです。海に魔物討伐《まものとうばつ》に出られていたと聞きましたが、若様は一体、何と戦われたのですか……最高位の古龍か神獣《しんじゆう》でも相手にされたのですか」

半分泣きそうになりながら俺の傷を見る女騎士。いや、正確には傷に残された魔力を見ているのか。

どうやら【魔鯨《まげい》】の魔力は、呪いの如く俺の傷に残されているらしい。しかしこいつは、魔力視に優れているのか。

傷に残された魔力から、【魔鯨】の力の片鱗《へんりん》を感じ取っている様だ。

「いや、俺が戦ったのは少しばかり魔力が多い鯨の魔物《まもの》だ。無論仕留めたがな。確かに古龍位の強さはあったかも知れん」

いや、或いはそれ以上か。神話時代から継承《けいしょう》する古代魔法ですら仕留め切れず、《初代の御業》まで使わされたのだからな。

「……到底《とうてい》人類が相手に出来る存在では無いと申し上げているのです。出来る限り手は尽《つ》くしますが、恐らく左腕の再生は……その、私の手には余ります。申し訳ありません」

深々と頭を下げる女騎士。俺は無くなった左腕を眺《なが》めながら、また良い義手を作らねばな、と何処か他人事の様に考える。

「左目はどうだ？」

女騎士は、「失礼します」と口にして俺の左目を覗《のぞ》き込《こ》む様に顔を近づけて来る。

「今は、どの程度見えていますか？」

「全く見えん」

「そう、ですか……こちらも、手は尽くしますが、視力を元通りに回復させるのは、難しいかと」

「……そうか」

こちらは、何となく予想が付いていたので特に衝撃《しょうげき》も無い。左目に幾《いく》ら魔力《まりょく》を送《おく》り込んでも、何の反応も無いからな。

そこにある筈《はず》の左目が、まるで自分のものでは無いかの様な感覚だ。

「話は分かった。治療を初めてくれ」

俺が促《うなが》すと、女騎士は緊張《きんちょう》の面持《おもも》ちで頷《うなず》く。

「手は、尽くします」

そこから、恐ろしく洗練された魔法陣《まほうじん》が俺を囲う様に展開され、その中で俺は女騎士より治癒魔法を施《ほどこ》された。

カルロスは助手として雑務をこなし、フォルの奴は何かを手伝いたがっていたが、女騎士に丁重《ていちょう》に断られていた。

治癒魔法は数時間にも及《およ》び、治療が終わる頃には、天高く昇《のぼ》っていた太陽は傾《かたむ》き、夕暮れ時になっていた。

「終わり、ました……」

女騎士が額に浮かぶ汗を拭いながら、治療の終わりを告げる。

身体中の痛みは嘘《うそ》の様に消えており、火傷《やけど》で肌が爛《ただ》れていた左半身は、傷痕《きずあと》一つ無く元通りの肌に回復していた。

そして驚くべき事に、半ば諦《あきら》めていた左目の視力も、僅かにだが見える様になっている。輪郭《りんかく》がぼやけていて、確かに元通りの視力とは言えないが、全く見えなかった時と比べれば雲泥《うんでい》の差だ。

ただ。両目共に漆黒の瞳《ひとみ》だったのが、後遺症《こういしょう》なのか、左側の瞳だけ色素が抜け落ちた様に翡翠《ひすい》色になっていた。

何の皮肉か、【魔鯨】の瞳と同じ色だ。因みに、やはりというべきか、左腕は再生しなかった。

女騎士は、四肢《しし》を再生させるレベルの最高位の治癒魔法が扱えるらしいが、傷に残る呪いにも似た強力な魔力の所為《せい》で再生出来ないらしい。

部屋の一角で椅子《いす》に腰掛けるカルロスは、うつらうつらと舟を漕《こ》いでいた。

昨夜は、夜通し魔《ま》の海域中を駆けずり回って俺とフォルを探していたのだから、無理も無い話だ。

「よくやった。想像以上に良い腕だったぞ」

純粋《じゅんすい》に褒めてやると、女騎士はにへらと笑い、しかしその表情を曇《くも》らせる。

「勿体無《もったいな》いお言葉です。ですが、結局左腕は……」

「良い。義手でも作るとする」

「いえ、それはお待ちを。上に掛け合って、私よりも腕の立つ術師を近日中に派遣致《はけんいた》します故」

「貴様よりも腕の立つ術師か？　そんな奴が居るなら会ってみたいものだが」

この女程の治癒術師は、それこそ教会にも中々居ないだろう。

「貴様、名は？」

俺が名を聞くと、女騎士《きし》は少し切な気に目を逸《そ》らす。

「……申し訳ありません。私はネームドの騎士では無いので、名乗る事を禁じられているのです」

暗黒騎士は、全員が漆黒のフルプレートの甲冑を纏《まと》っており、その匿名性《とくめいせい》を武器にする事もある。名乗る事を許されているのはネームドと呼ばれる、暗黒騎士の中でも上位の腕を持つ極《ごく》小数だけだ。

「そんな事は知っている。だが、顔を晒《さら》した時点で今更《いまさら》だろう。良いから名乗れ」

俺の言葉に、女騎士は暫《しば》し沈黙《ちんもく》した後に口を開く。

「……若様に命じられては拒《こば》む事など出来よう筈がありません——ユスリカです。覚えて頂けると幸いにございます」

女騎士——ユスリカは令嬢らしい優雅なお辞儀をして見せた。

「では、私はこれにて失礼致します」

「ご苦労だった」

夕暮れが差し込む、風通しの良くなった玄関から出て行こうとしたユスリカは、その動きをぴたりと止め、かと思えばどたどたと甲冑を鳴らしながら俺の眼前まで戻って来た。

そして、接触《せっしょく》しそうな程に顔を寄せて来た。

「な、何だ……」

「これは、伝えるべきか否《いな》か迷ったのですが、一応お伝え致します」

そう前置きをして、ユスリカは話し出す。

「若様の左半身を蝕《むしば》んでいた強力な魔力ですが、その殆《ほとん》どを取り除く事が出来ました。しかし、どうしても取り除《の》けない所が二箇所《かしょ》ございます。それは、左目と左腕です。この魔力は正しく呪いの如く根強く、故に左目の視力は回復し切らず、左腕に至っては再生すら出来ませんでした」

「……それで？」

「正確には取り除けないのではありません。どれだけ取り除いても、強力な魔力が内より噴《ふ》き出て来るのです。まるで、何処《どこ》からか若様のものでは無い魔力が、送り込まれて来るかの様に……」

「なんだと……」

「ですので、呪いの様だと表現致しました。遠隔《えんかく》的に負のエネルギーを送る様は、正しく呪いそのものです。改めて確認《かくにん》なのですが、若様は本当に、その魔物の息の根を止められましたか？」

「殺した……まさか、まだ生きていると？　あり得ん……再生する余地すら与《あた》えず、肉片《にくへん》一つ残さず消し飛ばした。生きている筈がない」

「──で、あれば、その魔物は神の類で、殺しても死なぬ不滅《ふめつ》の存在だったか……或《ある》いは、その魔物は使い魔の様なもので、本体は別に居るか……」

「……ふむ」

興味深い話だ。完全に倒したと思っていたが、【魔鯨】との戦いは完全には終わってはいなかったと？

肉体は死んでも滅《ほろ》びてはおらず、いずれ復活する。或いは、本体は別に居て今ものうのうと生き永らえていると。

「手を尽くし、どうにかその呪いは封印《ふういん》しました。送られて来る魔力を、栓《せん》をして塞《せ》き止めているイメージです。ですので今後、魔力が溢《あふ》れ出て不調をきたす事はありません。魔力が送れない以上、相手にも若様の位置は特定出来ない筈です」

まさか、【魔鯨】から受けた傷がそこまで深刻な物になっていたとはな。

「でかしたぞ。褒美を取らせてやりたい程だ」

「暗黒騎士として主《あるじ》に尽くすのは当然の事にございます」

「見上げた忠誠心だな。ユスリカよ、俺の専属になる気はあるか？」

「――!?」

ユスリカは、俺の言葉を聞くと絵に描《か》いたように仰反った。どう言う訳か頬《ほお》を見る見る内に朱《しゅ》に染め、それを誤魔化《ごまか》す様にフルフェイスの兜を被《かぶ》る。

そして数歩下がり、今度は令嬢の如き優雅なお辞儀ではなく、騎士としての規律ある礼をとった。

「旦那様よりお許し頂けるのでしたら、是非《ぜひ》に……！」

それだけ言い残し、ユスリカは逃げる様に走り去っていった。騒《さわ》がしい奴だな。何故顔を赤くしたのやら。ユスリカが行った事を確認し、振《ふ》り返る。フォルが居た。

「……居たのか」

「居たよ、ずっとな」

何やら不機嫌《ふきげん》そうに俺を睨んで来るフォル。こいつは何故怒《なぜおこ》っているのか。フォルは俺に近づくと、数刻前まで火傷で皮膚《ひふ》が爛れていた左側の頬に触《ふ》れて来る。

「傷は、もう良いのか」

「ああ、痛みも無い」

フォルはその視線をすっと俺の無い左腕に落とす。

「左腕は……そうか」

「まだ気にしているのか」

「そりゃ、な」

フォルはユスリカが帰って行った方向を見て、呟く様に言う。

「ああいうのが好みなのか」

「あ？　何を言っている」

「別に」

フォルは素っ気なく俺の横を通り過ぎようとし、そのまま俺の手を取った。フォルは俺の手を引き、家の外へ連れ出そうとする。

「来いよ、ローファス」

「おい、何処へ行く気だ」

「行き先は村の中央広場だ。親父《おやじ》が、治療が終わったら連れて来いってさ。今日は村を挙げて宴を開くんだと」

「はぁ？」

「宴の主役は勿論《もちろん》、ローファスだ」

「……貴様、この俺に下民主催《しゅさい》の下賤《げせん》な宴に参加しろというのか？」

悪態を吐《つ》く俺の手を、フォルは構わず引く。

「参加しろよ。親父も、兄貴も、船乗りの連中も、村の皆も……アタシも。お前に感謝の気持ちを伝えたいんだよ。これは全部、ローファスがやって来た事に対する結果だ。お前には、皆《み》んなの感謝を受け取る責任がある」

「責任、だと。なんだそれは、無茶苦茶《むちゃくちゃ》な論理だ」

「でも、筋は通ってんだろ？」

にっと勝ち気な笑《え》みを浮かべるフォル。

「そんな顔すんなよ……参加してみりゃ、案外楽しいかも知れねえだろ？」

「……全く、勝手な事を」

宴に誘《さそ》うその華奢《きゃしゃ》な手を、俺は何故か振り払《はら》う事が出来なかった。

「坊主ぅぅぅ！　聞いたぞぉぉぉ！　その左腕、フォルを庇《かば》ってくれたんだってなぁぁあ！」

ローグベルトで開かれた宴の席。俺は、酒に酔《よ》って泣きじゃくるグレイグに絡《から》まれていた。

「近づくな。酒臭《さけくさ》いぞ」

「坊主になら、坊主にならフォルの奴を任せられる。あんな跳《は》ねっ返りだが、あれで、死んだ嫁《よめ》に似て器量も良い。どうか幸せにしてやってくれぇぇぇ」

「フォル！　貴様の父親が妙《みょう》な事を口走ってるぞ、何とかしろ！」

　丁度魚料理を持って戻って来たフォルに助けを求める。

「親父は泣き上戸の絡み上戸だからな。いつもの事だから気にすんな」

「貴様を嫁になぞと口走っているぞ」

「なんだ、貰《もら》ってくれるんじゃないのか？　同衾《どうきん》した仲だろう？」

　悪戯《いたずら》っぽく笑うフォル。

　フォルの爆弾《ばくだん》とも言える発言に、周囲で騒ぐ住民共が歓声《かんせい》を上げた。周囲に散らばる暗黒騎士共は、フルフェイスの兜の上からでも分かるほど目を剥き、こちらを凝視《ぎょうし》している。

「ちっ……」

　暗黒騎士に聞かれたか、後で口止めしておかねばな。俺が平民の娘《むすめ》と同衾した等と父上に伝わると、色々と面倒《めんどう》な事になる。

「フォル、貴様……」

　フォルのその頬は、グレイグと同様に朱を帯びていた。

「……酒を飲んだな」

「祝いの席だ、飲むだろそりゃ。ローファスも飲めよ、葡萄酒《ぶどうしゅ》飲めるか?」

「誰が飲むか! 俺はまだ成人前だぞ」

「かってえなー。そんなの言ったらアタシだって成人の歳は来年だぞ」

「貴様も成人前ではないか。父親に似て酒癖《さけぐせ》が悪いらしいな」

フォルは、俺に絡んで来ていたグレイグを退ける様に間に入って来ると、そのまま身を任せる様に俺にしなだれ掛かる。

まるで胸を押《お》し付ける様に密着して来るフォル。胸に巻いていたさらしはどうした?

どうやらこいつは、もう女である事を隠す気はないらしい。

「近いぞ」

「ローファス、アタシと親父と似てるって、訂正《ていせい》しろよー。なんか嫌《いや》だろ?」

「良いから離《はな》れろ」

止めろ、貴様。その絡み方、マジで親父と変わらんぞ。

「よう、やってるか?」

続いてやって来たのは、後ろに若い衆をぞろぞろと引き連れた巨漢《きょかん》、ログだ。

ログは、俺に密着するフォルを見て、フッと微笑《ほほえ》むと、俺の卓《たく》に置かれた葡萄酒のジョッキ（無論飲まない）に、自分のジョッキを当てて勝手に乾杯《かんぱい》する。

そしてエールと思しき酒を一気飲みし、一言。

「坊主、俺を呼ぶ時は、義兄《おにい》さんよりは、どちらかというと義兄者《あにじゃ》とかの方が嬉《うれ》しいぞ」

ここでどっと歓声を上げる、後ろに続く若い衆。フォーとか叫《さけ》ぶな、羽目を外し過ぎだぞ貴様等。

「貴様は、酔っても相変わらずだな」

俺は酔《よ》っ払《ぱら》い共の相手に疲れ、溜《た》め息《いき》を吐く。全く、こんなに賑《にぎ》やかなのは初めてだ。

上級貴族主催のパーティは豪勢《ごうせい》で賑やかだが、流石にここまで騒がしくは無い。村の宴《うたげ》は、まだ続く。

＊

ローグベルトの郊外《こうがい》。船乗り頭目の自宅付近の丘の上より、ローグベルトで開かれる宴を遠目で見守る老執事《しつじ》の姿があった。

ライトレス家専属執事であるカルロス。これだけ距離《きより》があっても、カルロスの目にはしっかりとローファスの姿が映されている。

魔力を通した目は、視力が格段に向上し、遥《はる》か遠くを見通す事も出来る。

宴に連れて行かれ、酔っ払いに絡まれるローファスの姿を、まるで孫でも見るかの様に微笑《ほほえ》ましげに見守るカルロス。

ふとカルロスの背後の影より、ぬっと音も無く暗黒騎士が現れた。暗黒騎士はフルフェイスの兜《かぶと》を脱《ぬ》ぎ、その長い白髪を露《あら》わにする。暗黒騎士筆頭のアルバだ。

アルバはカルロスの横に立ち、宴の席に座《すわ》るローファスを見る。

「まさか、あの若様が平民の宴等に参加されるとは……」

普段《ふだん》感情を表に出さないアルバだが、この時は驚きが隠せていない様だった。カルロスも静かに頷く。

「ええ。ここ数日で、坊ちゃんは随分と変わられました。あのフォルという少女には特に気を許しているようで」

「あの平民の娘ですか……妙に距離が近い様に感じましたが。まさか関係を持ったので？」

「少なくとも本人達《たち》は否定していますよ。私個人の見解としても、まあ無いでしょうね。そもそも坊ちゃんにはまだ早いですよ」

「確証は、無いのですね。それに十二歳ならば、家によっては筆下ろしが済んでいてもおかしくない年齢《ねんれい》でしょう」

「……万が一あったとしても、坊ちゃんには今の所、正式な婚約者《こんやくしゃ》は居ませんし、大した問題は無いでしょう」

「いいえ、もしもその万が一があれば、ヴェルメイ侯爵《こうしゃく》家との関係が拗《こじ》れかねません」

アルバの言葉に、カルロスは僅かに思案する。

「ヴェルメイ侯爵家……ああ、坊ちゃんが成人するまでにヴェルメイ家で女子が生まれれば婚約《こんやく》を結ぶ、というあれですね。期限は後三年ですし、そもそもあれは、あってないようなものでしょう……と失礼。アルバ、貴方はヴェルメイ侯爵家の血縁《けつえん》でしたね。貴方が心配しているのはそこでしたか」

「……いえ、私はヴェルメイでも所詮《しょせん》、分家の身ですので。それに今は、ライトレス家に忠義を尽くす身です」

カルロスは静かに目を伏《ふ》せ、話題を変える。

「ところで、傷の方は大丈夫《だいじょうぶ》ですか？　坊ちゃんに手酷《てひど》くやられていたでしょう」

アルバが今装備している甲冑《かっちゅう》は、予備の物であり、ローファスにやられた胴《どう》の風穴は今は無い。しかし傷が完治している訳でも無く、アルバの腹部は未《いま》だにズキズキと痛む。

アルバはそれを、おくびにも出さない。

「問題ありませんよ。カルロス様こそ、昨夜は不眠不休《ふみんふきゅう》で若様を捜索《そうさく》されていたのでしょう。もうお休みになられては如何《いかが》ですか？　若様の護衛ならば責任を持って私が務めます故」

「坊ちゃんの護衛を、貴方がですか？　坊ちゃんからは随分と煙《けむ》たがられている様ですが、務まりますかね？」

「…………」

両者共に目を細め、ピリピリと張り詰《つ》めた空気が流れる。

「ところで、カルロス様。部下より報告を受けましたが、若様は随分な重傷を負われていたとか。部下が治療を施した上でも、左目の視力は完全には戻《もど》らず、左腕《ひだりうで》も失われたままです」

「そう、ですね」

カルロスは、黙《だま》って目を伏せる。

「……貴方ともあろうお方が付いていながら、この失態、この為体《ていたらく》。この責任をどう取られるおつもりで？」

「事の全てはご当主様へ報告致します。ご当主様の采配《さいはい》に、私は従うのみです。無論、ご当主様が望まれるなら、私は如何《いか》なる処罰《しょばつ》も受けましょう」

「……カルロス様の功績は存じておりますが、貴方は老いた。隠居《いんきょ》されては如何か？」

「私も、隠居したいのは山々ですが、先日坊ちゃんより、隠居はさせないと宣言されてしまいましてね」

「…………」

普段感情を見せないアルバが、忌々《いまいま》し気《げ》にカルロスを睨《にら》む。カルロスはそれを鼻で笑う。

「アルバ、苛立《いらだ》ちを隠せていませんよ。まだまだ青い。貴方程度では、ライトレス家も、ローファス様も御《ぎょ》する事などできませんよ」

「――!?　わ、私はそんな……」

「ほら、そこで狼狽《うろた》えない。反逆の意志を疑われても言い訳出来ませんよ」

「く……」

悔《くや》し気に後退《あとずさ》るアルバ。カルロスは呆《あき》れた様に、懐《ふところ》から葉巻を出して火を点《つ》ける。

「そもそも、私を追い落とした所で、貴方が坊ちゃんの専属になれるかは別問題でしょう」

「それは……」

言い淀《よど》むアルバに、カルロスは「ああ、そう言えば」と思い出した様に顔を上げる。

「専属と言えば、貴方が送って来た治癒術師、ユスリカといいましたか。彼女《かのじょ》はどうも坊《ぼっ》ちゃんに気に入られた様で、専属にならないかと誘われていましたよ」

「――は!?　そ、そんな報告は受けていな……」

驚き、目を剥くアルバ。それに呆れたカルロスは、葉巻を持ったまま指差して指摘《してき》する。

「顔」

「……う」

アルバは急いで表情を消し、ポーカーフェイスを装《よそお》う。それを見たカルロスは溜め息を吐いた。

「そんなに坊ちゃんの専属になりたいのですか……」

「……」

「まあ、何《いず》れにせよ私はまだ休めそうにありません。きっと、今夜は忙《いそが》しくなりますよ」

アルバは怪訝《けげん》そうに眉《まゆ》を顰《ひそ》める。

「どういう事です?」

「いえ。ただ、ここ数日はゆっくり休む暇《ひま》が無いもので、恐らく今晩も、とね」

アルバはカルロスの言っている意味が分からず、首を傾《かし》げていた。

＊

月が昇り、夜の闇《やみ》に包まれた頃。ローグベルトの宴も一通り終わり、酔い潰《つぶ》れた船乗り達はローファスの指示にて暗黒騎士達《きしたち》により、それぞれの自宅に運ばれて行った。

酒に強いのか、船乗り達の中で唯一《ゆいいつ》酔い潰れていなかったログが、いびきを響《ひび》かせるグレイグを背負う。

そしてその隣《となり》で、ローファスが寝息《ねいき》を立てるフォルを背負っていた。それは誰《だれ》に頼《たの》まれたものでもなく、ローファスによる自発的な行動。

これにはログも意外だった様で、目を丸くする。

「なんだ、一緒《いっしょ》に運んでくれるのか？」

「貴様でも、二人背負うのは厳しいだろう」

「いや………まあ、そうだな。助かる」

ログは反射的に否定しそうになり、直ぐに返答を改める。大柄《おおがら》なログからすれば、二人分の体重を支えるのは容易だ。

片方が小柄《こがら》なフォルならば尚《なお》の事《こと》。だが、それを今言うのは野暮《やぼ》というもの。

「で、坊主《ぼうず》はどうするんだ？」

ログに何の脈絡《みゃくらく》も無く尋《たず》ねられ、ローファスは眉を顰《ひそ》める。

「何の話だ」

「フォルの事だ。流石に気付いてんだろ？」

「……」

ログが言及《げんきゅう》するのは、ローファスに対するフォルの好意について。フォルのローファスに対する態度を見れば、その好意を誰もが察するだろう。

当然ローファスも、それは感じていた。

「気付くも何も、隠す気が無いだろう、あれは」

「はは、まあな。兄として見ていて恥《は》ずかしい限りだ」

豪快《ごうかい》に笑うログに、ローファスは抑揚《よくよう》の無い声で返す。

「どうするとは、どういう意味だ。この俺《おれ》に、どうしろと？」

「兄としちゃ、可愛《かわい》い妹の気持ちに応えてやって欲《ほ》しい所だがな」

「……なんの柵《しがらみ》もない下民が、言うではないか。世間ではそれを、身《み》の程《ほど》知らずと言うのだ。覚えておけ」

「……そうか、そりゃ残念だ。フォルの初恋《はつこい》は失恋《しつれん》か。泣くかも知れんな……」

「泣かせておけ。元より、俺とフォルでは住む世界が違《ちが》う」

「そうかね？　お貴族様ってのは、もっと我儘《わがまま》で自由奔放《じゆうほんぽう》なもんだと思ってたが……」

「……知った風な口を聞くな」

ローファスは苛立たしげに吐き捨てる。ログには、そんな悪態をつくローファスが貴族社会というルールに縛《しば》られ、身動きが取れなくなった子供の様に見えた。

強い言葉で周囲を威圧《いあつ》し、必死に身を守ろうとする姿はまるで幼児の様で、憐《あわ》れみすら覚える。


いつの間にか寝息の止《や》んでいたフォルが、まるで何かを噛《か》み締《し》める様に、僅《わず》かに下唇《したくちびる》を噛む。それにはログも、背負うローファスさえ気付かなかった。

通常であれば、貴族が酔っ払いの、ましてや平民を背負って家まで送る等、あり得ない事。これは、ほんの数日前のローファスなら絶対に行わなかった事。

そんなローファスの変化を、遠目から微笑まし気に見ているのは老執事カルロス。

そして、それとは対照的に、暗黒騎士筆頭のアルバは、どこか無機質さを感じさせる目でローファスとフォルを見据《みす》える。


それぞれの思惑《おもわく》が交錯《こうさく》する中、夜は更《ふ》ける。

＊

住民が寝静《ねしず》まった深夜。俺とカルロス、そして暗黒騎士達は港町にあるクリントン邸《てい》に訪《おとず》れていた。

どうして今更クリントン邸に戻って来たのか。それは後顧《こうこ》の憂《うれ》いを断《た》つ為《ため》に他ならない。フォル――ファラティアナ・ローグベルトが、将来的にライトレスに敵対する可能性は、それがどんなに小さなものでも確実に潰さなければならない。

ローグベルトに課せられた理不尽《りふじん》な重税はもう無い。魔物被害《まものひがい》も解決した。そして最後に残るのは、奴隷《どれい》商に売られたフォルの幼馴染《おさななじみ》、ノルンの存在だ。

俺がローグベルトに訪れる際、馬車に揺《ゆ》られながら見たファラティアナに殺される夢。その時にファラティアナが叫んでいたのが、正にその幼馴染の名前だ。

ノルンというファラティアナの幼馴染は、物語でも登場していた。それは物語の第三章《錬金帝国編《れんきんていこくへん》》での話だ。

ノルンは拉致《らち》された後、奴隷として隣国《りんごく》である帝国に売られた。そして人体実験を繰《く》り返され、変わり果てた姿となったノルンは、ファラティアナと再会する。

するのだが……どういう訳か、その再会がライトレスへの憎《にく》しみを掘《ほ》り返す様な形になっていた。

諸悪の根源は人体実験を繰り返していた帝国の手の者であり、仮に遡《さかのぼ》っても悪いのは人

身売買をした奴隷商や代官役人のクリントンだ。

それでやっぱりライトレスが、ローファスが悪かったんだ、となるのはおかしくないか？

まあライトレス領内の事なので、監督《かんとく》不行き届きと言えば確かにそうなのだが。それならば悪いのは俺ではなく当主である父上だ。

個人的にとても納得《なっとく》出来た話では無いが、その怒《いか》りの矛先《ほこさき》が他の誰でも無い俺に向けられていたのは紛《まご》う事無き事実。全く、おかしな話である。世の中の都合の悪い出来事は全て俺の責任か？

こんなもの完全にいちゃもんの域だが、それならそれで怒りや恨《うら》みを抱《いだ》かれる要素を一つ一つ徹底《てってい》して潰すのみだ。

人身売買された幼馴染ノルンを助け出す事で、将来的な俺の死という結末が遠のくならば——俺はノルンを、喜んで救ってやる。

＊

ローグベルトからこの港町までは馬車で半日は掛かる距離だが、魔力で強化した足で走れば半刻も掛からない。

しかし、港町に着いた段階で、カルロスやアルバは当然問題無く付いてきていたが、後続する暗黒騎士の中には息が上がっている者も居た。

ライトレスが誇《ほこ》る暗黒騎士ながら、実に不甲斐《ふがい》ないものだ。

それに対して特に言及はしなかったのだが、俺の視線に気づいたのかアルバが「後日指導致《いた》します」と敬礼していた。相変わらず目聡《めざと》い奴《やつ》だ。

因《ちな》みに、アルバには許可無く発言する事を禁じていたのだが、「もう二度と余計な事は口にしませんので何卒《なにとぞ》」と土下座して来たので、取り敢《あ》えず解除してやっている。

さて、こんな夜更《よふ》けに訪れたクリントン邸で、我々を出迎《でむか》えたのは使用人だった。

その使用人を押し退《の》ける形で屋敷《やしき》の中へ押し入り、暗黒騎士達により瞬《また》く間《ま》にクリントン邸は制圧された。

警護も碌《ろく》に機能しておらず、殆ど無抵抗《むていこう》に近い形での占領《せんりょう》となった訳だが。

私兵はその殆どが魔物討伐の際に船に駆《か》り出されていたし、それも大半が海の藻屑《もくず》になった訳だからな。

因みに、屋敷内《やしきない》には使用人の他、クリントンの妻と三人の子供、そして側室か愛人と思われる者が数人いたと暗黒騎士から報告があった。

取り敢えず全員拘束《こうそく》し、屋敷の地下に放《ほう》り込ませておいた。この者らの処遇《しょぐう》は、父上に丸投げするとしよう。

奴らの実家に当たるセルペンテ領に送り返すなり、野に放つなりだ。父上ならば良い様に計らってくれるだろう。

因みに、暗黒騎士筆頭であるアルバには、これまでの経緯《けいい》をざっくりと説明しておいた。クリントンによる汚職《おしょく》や、領民の拉致《らち》、そして魔物被害からの討伐《とうばつ》に至った経緯等だ。

事の内容が内容なだけに、目に見えて目を泳がせるアルバは見ものだったな。

魔物討伐は兎《と》も角《かく》、役人による汚職や拉致被害《ひがい》は、アルバからしたら直《す》ぐにでも父上に報告したい事柄《ことがら》だろう。まあ、そんな面倒な事はさせんがな。

場所はクリントン邸の会議室、その円卓《えんたく》に山の如く積み上げられたクリントンの汚職の証拠《しょうこ》。その中から、人身売買の記録を取り、アルバに投げる。

「これから拉致された領民を保護する。貴様等も動け」

アルバは恐《おそ》ろしい速度で人身売買の記録に目を通し、顔を上げる。

「記録を見る限り、奴隷商に売られた領民は、ここ半年だけでも約四十弱、全て保護するともなると、かなりの時間を要します。時間が掛《か》かるとなると、私だけの判断では……」

言外に、父上の判断を仰《あお》ぎたいと訴《うった》えるアルバ。それを俺は、鼻で笑って返す。

「勘違《かんちが》いするな。全員助けろとは言っていない」

拉致された領民全ての保護ともなれば、アルバの言う通りどれだけ時間が掛かるか分かったものではない。

俺の目的は、あくまでもフォルの幼馴染であるノルンの保護だ。

そのついでに、他のローグベルトから拉致された住民も助けてやるとしよう。ノルンだけを保護するのは、色々と不自然だからな。

人身売買の記録には取引した奴隷商の他に、名前や年齢、出身地まで記されている。ここまで情報があれば特定は容易《たやす》い。

「保護対象は、ローグベルトの住民に絞《しぼ》る。期間はここ半年……ざっと九人だな」

「九名、その人数ならば……」

アルバは後ろに控《ひか》える暗黒騎士達にちらりと目を向けている。優秀《ゆうしゅう》な奴の事だ、既《すで》に小隊の編成や、作戦にまで考えを巡《めぐ》らせている事だろう。

「まあごちゃごちゃ考えるな。やる事は単純だ。奴隷商を襲撃《しゅうげき》し、領民がいればそのまま保護。既に売られていれば、商人を尋問《じんもん》して売った先を喋《しゃべ》らせるなり、帳簿《ちょうぼ》の場所を吐かせるなりして購入者《こうにゅうしゃ》を特定。そこを襲撃して領民を保護する。それだけの簡単な仕事だ」

王国では奴隷制度が撤廃《てっぱい》されて久しい。王国法において、人身売買は当然として奴隷商等はその存在すら認められていない。

どうやらそんな害虫の如き存在が、我《わ》がライトレス領に随分《ずいぶん》と巣食っているらしい。

「分かっているとは思うが、奴隷商は従業員諸共《もろとも》消せ。奴隷の購入者もだ。帳簿の回収も忘れるなよ」

「……御意《ぎょい》に」

取り敢えず今回は、ローグベルトの領民のみの救出だが、それ以外にも奴隷を買った者はいるだろう。

奴隷を購入《こうにゅう》する等、大概《たいがい》は金を持つ者、貴族や大商人だ。その弱みを握《にぎ》れるなら、ライトレスにとって大きな利になる。

さて、ローグベルトの住民の取引をした奴隷商は帳簿を見る限り二組。俺はノルンが売られた方の奴隷商を指差す。

「俺とカルロスはここに行く。騎士を数人借りるぞ。後はアルバ、貴様等でやれ」

「……若様も襲撃に参加されるのですか?」

やや困惑《こんわく》の色を見せるアルバ。まさか、俺が自ら動くとは思わなかったらしい。

「何か問題が?」

「……いえ。御意に」

敬礼の構えを取るアルバ。俺はその前を通り過ぎ、その後ろに整列する暗黒騎士達を見て回る。そして、一人の騎士の前で歩みを止める。

「……ふむ」

確か、この位の背丈《せたけ》だったたか？

「お前」

「——!?　え……あ、はい」

指名すると、絵に描いたように仰《の》け反《ぞ》り、取り繕《つくろ》う様に敬礼する暗黒騎士。甲冑から漏《も》れたのは女の声、やはりこいつがユスリカか。

「後は右から三人、付いて来い」

カルロスにユスリカと、そして適当に選んだ騎士三人が敬礼して俺の後に続く。ふと、アルバの視線を感じた。

「なんだ」

「……いえ」

アルバは視線を伏せた。どういう訳か、ユスリカがびくついている。

あ？　なんだ、アルバの中ではあまり好ましく無い人選だったのか？　まあ、どうでも良いな。

「俺も、明日には本都へ帰りたいのだ。朝までには終わらせるぞ」

暗黒騎士達を背に、俺は外套《がいとう》を翻《ひるがえ》す。行き先は奴隷商だ。

＊

「ひぃぃぃぃ！」

奴隷商の店。腰《こし》を抜《ぬ》かす肥え太った豚《ぶた》の様な中年の男——奴隷商の腹を、俺は土足で踏《ふ》み付ける。

俺の背後には、暗黒騎士達が斬《き》り殺した護衛の血の海が広がっている。俺は手の中に通常サイズの暗黒槍《ダークランス》を生み出し、その矛先《ほこさき》を、腰を抜かす奴隷商に向ける。

「何度も言わせるな。帳簿は何処《どこ》だ」

「お、お前達、何をしているか分かっているのか？　儂《わし》はあのクリントン様と懇意《こんい》に——ひぎゃぁぁぁぁ!?」

うざったく口上を垂れる奴隷商の右足を、槍で貫《つらぬ》いてやった。

「聞かれた事以外を口にするな。次はそのよく回る口に直接突《つ》っ込《こ》むぞ」

「……ッ！」

槍の矛先を顔に向けてやると、叫ぶのを堪《こら》えながらこくこくと頷《うなず》く奴隷商。

「帳簿は？」

「ほ、保管庫の、棚《たな》の奥《おく》に……」

それを聞いたカルロスは、俺が命ずるよりも先に保管庫へ走る。そして、数分と待たせず戻って来た。その手には、資料の束が抱《かか》えられていた。

「帳簿は、過去の物も含《ふく》め確保致しました。確認した所、クリントンの人身売買の記録にある領民の名前と一致します」

「ご苦労」

俺は奴隷商を踏み付けて拘束したまま、先を促《うなが》す。

「で、ローグベルトの住民は？」

カルロスはぺらぺらと、帳簿を確認する。

「大半が既に購入されていますね。購入者は……領内に数名、遠方だと領外の者もおります」

俺は舌打ちをする。領外か、面倒な。他領で人を殺めると、色々と面倒な事になる。ライトレス領内ならば、まあどうとでもなるのだがな。しかし、奴隷商が領外の顧客《こきやく》と取引だと？

積荷と違い、人の輸送には莫大《ばくだい》なコストが掛かる筈《はず》。それが距離の離れた他領ともなれば尚更《なおさら》だ。距離があれば、それだけ道中に警備の検問に掛かる率も上がる。

奴隷の運搬《うんぱん》に都合の良い輸送経路が既に確保されているのか？　それを割り出すだけの時間は無いな。最悪、領外に売られた領民は諦《あきら》めるか。

「……ノルンと言う領民がいる筈だ。何処に売られている？」

「ノルン、ですか……」

帳簿を見るカルロスは、眉を顰める。

「……領外、北方のステリア領です」

「はあ……？」

俺は思わず頭を抱える。よりにもよってノルンの購入者が領外だと？　しかも、北方のステリア領？　ライトレス領からどれだけ離れていると思っている……。

いや、離れているのは陸路の話だが。海路であれば、然程遠《さほどとお》い距離では無いが、確か魔《ま》の海域の所為《せい》で船の行き来が出来なかった筈だ。

【魔鯨】……と言うよりも、船喰いの悪魔《あくま》と目される巨大《きょだい》クラーケンを仕留めた今ならば兎も角、奴隷の運搬は陸路を行くしかなかった。

だが、陸路からだとライトレス領からステリア領までには幾《いく》つもの他領を経由する必要がある。正直な所、陸路も考え難《にく》い。

「おい」

「ひ、ひぃぃぃ」

俺は奴隷商に再度槍《やり》の矛先を向ける。

「まさか、転移結晶《けっしょう》か？」

転移結晶。

砕《くだ》く事で、事前にマーキングした地点に持ち主を転移させる魔結晶《まけっしょう》だ。希少価値も無論高いが、その運用性の高さと危険度から、王国では使用は勿論、流通の一切《いっさい》を禁じ、厳しく取り締まられている。

一介《いっかい》の奴隷商如きが持っている様な物では無いが、それしか考えられない。カルロスや暗黒騎士達も驚《おどろ》いた様に目を見開き、当の奴隷商は口籠《くちご》もる。

「その……何の話か……」

俺は奴隷商の頬《ほお》を槍の矛先で抉《えぐ》る。

「ひぎゃあああ⁉」

奴隷商より上がる耳障《みみざわ》りな悲鳴。

「お互《たが》い効率的に行こう。次に無駄口《むだぐち》を叩《たた》いたと俺が判断したら、即刻腕《そっこくうで》を斬り落とす。時に、悲鳴は無駄口か？　貴様はどう思う？」

槍の矛先で手を突くと、奴隷商はまるで口から漏れる悲鳴を抑《おさ》える様に口を塞《ふさ》いだ。それで良い、貴様の耳障りな声は出来るだけ聞きたく無いからな。

「で、領外の顧客との取り引きはどうしている？」

「……言われた通り……て、転移結晶、です」

やはりか。

「何処にある？」

「この部屋の、入り口の棚に……鍵《かぎ》は、懐の中に……」

色々と諦めたのか、思いの外素直《すなお》に情報を喋る奴隷商。奴隷商の言葉通り、転移結晶が幾つか出てきた。確かに希少ではあるのだが、思ったよりも数が少ないな。

転移結晶は一度砕《くだ》いたら終わりの消耗品《しょうもうひん》だ。ここには備蓄《びちく》していないと言う事か？　そもそも何処《どこ》から入手したかも気になる所ではあるが。

一先《ひとま》ずはステリア領行きの転移結晶を奴隷商から聞き出し、カルロスに指示を飛ばす。

「カルロス、暗黒騎士《きし》を指揮してローグベルトの住民を保護しろ。俺はステリア領に行く」

「何を……なりませんぞ、坊ちゃんお一人でなど！」

カルロスが止めてくるのは想定内。だが、指揮出来る者を一人残さねばならないのも事実だ。

「一人では無い。ユスリカを連れて行く」

「えっ⁉」

突然《とつぜん》名前を出されて驚くユスリカ。代案を出したが、しかしカルロスはそれでも食い下がって来る。

「なりません。坊ちゃんは病《や》み上がりで、今は左腕も無い状態なのです」

「……いつに無く聞き分けが悪いじゃないか」

「それはこちらの台詞《せりふ》です！　いくら何でも、今回ばかりは看過出来ません！」

カルロスのあまりの剣幕《けんまく》に、俺は深い溜め息を一つ。これでは埒《らち》が明かんな。仕方ない、多少強引《ごういん》な手段を取るとしよう。

俺は身体に魔力《まりょく》を通し、向上した膂力《りょりょく》に任せて近くに居たユスリカを抱き寄せ、カルロスから距離を取った。衝撃《しょうげき》でユスリカの兜が外れ、床《ゆか》に転がる。

「わわわ⁉」

「坊ちゃん……！」

俺の腕《うで》の中で素顔《すがお》を晒《さら》しながらあわあわ言ってるユスリカ、そして顔を歪《ゆが》めるカルロス。騒然《そうぜん》とする暗黒騎士達。俺はそんな中、ステリア領にマーキングされた転移結晶を握り砕く。

次の瞬間《しゅんかん》、俺とユスリカは魔法陣《まほうじん》に包まれた。転移結晶は基本的に一回限りの使い切り、それも一方通行。この転移結晶は、謂《い》わばステリア領への片道切符《きっぷ》。

砕いた以上、後戻《あともど》りは出来ない。高まっていく魔力の輝《かがや》き。俺はカルロスに対し、してやったりと口角を上げる。

「帰りはこちらでどうにかする。後の事は任せたぞ、カルロス」

「坊ちゃん……」

そして俺とユスリカは、転移の光に包まれる。転移の寸前に見たのは、うんざりした様な疲《つか》れたカルロスの顔だった。

06 ✦ outer

ハローハロー。
紳士淑女《Ladies and Gentlemen》の諸君。
誰か、私の声が聞こえているかな?
届いている事を切に願おう。
私を覚えているかな、我が旧友達よ。
今はアウターと名乗っている。

色々と話したい事はあるが、今の私は《物語》のしがない解説役に過ぎない。
否、観測者……実況者《じっきょうしゃ》、と言い換《か》えても良いかな。
私はこの世界に、この《物語》に、登場人物として立つ事すら出来なかった。
これは偶然《ぐうぜん》か、或《あ》いは必然か。
訳が分からない？　そうだね、脈絡も無くこんな話をするものでは無いね。

しかし、私の声が聞こえているという事は、きっと諸君らも私と同じく、この筋道から外れた世界を観測する者……所謂《いわゆる》、この《物語》の視聴者《しちょうしゃ》だろう。

私はずっと一人でね。

おじさんの一人語りだと思って、少しばかり付き合ってはくれないか。

さて、《ゲーム》のシナリオから外れ、本来の史実とは違う道を歩み始めたこの世界。

その起点の一つとなるのが、諸君等もご存《ぞん》じの通り、ローファス・レイ・ライトレスだ。

これより起きる未来の出来事を知り、幾千幾万と殺される夢を見た彼《かれ》。

知っての通り、彼は《ゲーム》の悪役の一人だった。

そしてその破滅《はめつ》の未来を回避《かいひ》するべく、行動を起こした。

だが、どうやら彼が向かったローグベルトでも史実とは異なる事態が起きているらしい。

本来、その時期には無い筈の魔物《まもの》の凶暴化《きょうぼうか》。

そして、《ゲーム》には登場しなかった鯨《くじら》の魔物――ローファス曰《いわ》く【魔鯨】という存在。

これは、一体何が起きているのか。

ローファス以外にも、未来を知る者が何か行動を起こしたが故の変化なのか、果たして。

【魔鯨】が操《あやつ》っていた凶暴化した海の魔物は、【魔王《まおう》】が復活した際の《カタストロフィ》による魔物の凶暴化と、症状《しょうじょう》が酷似《こくじ》していたという。

《ゲーム》一章の悪役たる【魔王】ラースが、【魔鯨】と何らかの関わりがあると見るのが普通《ふつう》か。

或いは、【闇の神】か。

《ゲーム》の全五章からなるストーリーの、各章毎《ごと》に存在する悪役は、その殆《ほとん》どがラスボスであり、全ての元凶《げんきょう》とされる【闇の神】と何らかの関わりを持っていた。

やはり【魔鯨】も【闇の神】と何らかの関わりがあるのか。

だが、個人的には【魔鯨】よりも、ローファスの宿敵である筈のファラティアナの変化の方に興味があるね。

まるでローファスに好意を抱いている様な態度だが、これは本来であればあり得なかった事だ。

《ゲーム》でのファラティアナのローファスに対する憎しみは、相当なものだったからね。

そして意外な事に、ローファス自身もファラティアナに対してある程度心を許している様にも見える。

意外というか、想定外というべきか。

投げ出された海から助け出され、文字通りその身を使ってでも命を繋《つな》いでくれた彼女に、絆《ほだ》されたのだろうね。

……しかし、何度も殺される夢を見た筈だが、その程度では弱かったという事かな？

さて、今日はこの辺にしておこうか。
では諸君、ご機嫌《きげん》よう。
また会える事を期待している。

07 ✦ 原作記録……ローグベルト海上戦

漁村ローグベルトは、重税と魔物被害に悩《なや》まされていた。

ローグベルトは漁業の盛《さか》んな村であり、これまでは十分な量の魚が獲《と》れていた為、重たい税もなんとか払《はら》う事が出来ていた。

しかし、ローグベルトの近海ではある時期から、イカやタコの様な姿の軟体《なんたい》類の魔物が大量に現れ、漁船を襲《おそ》う様になった。

これにより魚の入りは激減し、税を払う事が難しくなった。当然ローグベルトの住民達《たち》は、ここら一体の地域を管轄《かんかつ》する代官役人に現状を訴えた。

しかし、それが聞き入れられる事はなかった。寧《むし》ろ税の取り立ては激化し、払えないとなれば金品の押収《おうしゅう》や、果てには村の女子供が連れ去られるまでになっていた。

こうした魔物被害は王国各地で起きていた。

ローグベルト近海の軟体類の魔物、幅広《はばひろ》い範囲《はんい》の村々を襲う集団の鳥型の魔物、辺境の森林から現れる豹《ひょう》や狼《おおかみ》等の猛獣《もうじゅう》型の魔物、とある火山地帯から現れる無数に蠢《うごめ》く生きたマグマの様な魔物。

特定の魔物が同時多発的に大量発生し、各地で被害《ひがい》が出始めていた。それらの魔物には、それぞれに群れの親玉とも言える巨大な魔物——【四魔獣《よんまじゅう》】が存在していた。

それを突き止《と》めたのは、教会勢力の象徴《しょうちょう》にして、神から《神託《しんたく》》を受ける唯一《ゆいいつ》の存在——聖女フラン。

聖女フランが受けた《神託》により、【四魔獣】の出現は大いなる戦いの序章に過ぎず、古《いにしえ》に封印《ふういん》された【魔王】が復活する前兆である事が判明した。

その情報は国民の混乱を避《さ》ける為、王族や王国軍の上層部だけでのみ共有された。

そして、この件でいち早く動いたのは、アステリア・ロワ・シンテリオ——王国第一王女であり、原作ゲームのメインヒロインたる少女であった。

＊

原作ゲームの主人公であり、平民でありながら強力な火の魔力を持つ少年——アベル・カロット。

彼は学友である第一王女アステリアが、王国民を救う為に【四魔獣】の討伐に身を投じようとしているのを察知し、半ば強引な形で彼女に付き添《そ》った。

他に、王国軍魔法《まほう》師団の筆頭――若くして数多《あまた》の魔法を操る大魔道メイリン。王国軍元《げん》帥《すい》ガナード率いる王国軍の歴戦の兵士六百名。そして戦艦《せんかん》三隻《せき》。

正しく圧倒的《あっとうてき》な戦力、万全《ばんぜん》なる体制で、【四魔獣】の一角、ローグベルト近海の軟体類の魔物を統《す》べる小島の如く巨大なクラーケン――海魔ストラーフの討伐へ向かった。

アベルは、ローグベルトにて、ヒロインの一人である女船乗り――ファラティアナと出会う。廃《すた》れた村を見たアベルは、義心から魔物を倒《たお》して村を救うと宣言した。

それに胸を打たれたファラティアナは、共に元凶たる魔獣《まじゅう》を討伐する事を決意した。

戦場の舞台《ぶたい》は魔の海域。海上に虎柄《とらがら》の頭部を露出《ろしゅつ》させた巨大なクラーケン――海魔ストラーフを討《う》つべく、戦艦三隻が向かう。

戦艦を沈《しず》めんと襲いくる夥《おびただ》しい数の軟体類の魔物。それらを蹴散《けち》らしながら、アベル達は突き進《すす》む。そしてストラーフがもう少しで砲撃圏《ほうげきけん》内に入りそうになった頃《ころ》――それは一《いっ》瞬《しゅん》の出来事だった。

突如《とつじょ》として、後続する戦艦の一隻が、沈められた。

現れたのは、一際《ひときわ》巨大な軟体類の魔物。その姿、大きさは正しくクラーケン。軟体類の魔物は、小さなものから大きなものまで様々だが、ここまで大きな個体は初めてであった。

「船を、一瞬で……」

乗員する兵士、約二百名の命が一瞬で散った。その事にアベル達は騒然とする。

「船喰い……船を食う悪魔の伝承は昔からあった。こいつ、こいつらが、そうなのか……？」

ファラティアナが冷《ひ》や汗《あせ》を流しながら言う。アベルは気合を入れる様に、甲板《かんぱん》中に響く程《ほど》に己《おの》が両頬を叩いた。

そして、沈み残骸《ざんがい》と化した戦艦に悲しげに視線を落とし、それをやったクラーケンを睨《にら》み付ける。

「……みんな、戦う準備を。絶対倒す。もう犠牲《ぎせい》は沢山《たくさん》だ」

アベルの言葉に戦意を取り戻《もど》した兵士達は、自らを鼓舞《こぶ》する様に雄叫《おたけ》びを上げた。

＊

アベル達は激戦の末に巨大な軟体類の魔物――クラーケンを打ち倒した。勝鬨《かちどき》を上げる兵士達。そして、砲撃《ほうげき》射程内に入った戦艦は、海魔ストラーフの頭部に目掛《めが》けて一斉《いっせい》に砲撃を開始した。

そんな光景を、遠目から見る一団があった。十隻を超《こ》える黒塗《くろぬ》りの船団。その旗にあるのは、太陽を喰らう三日月の紋章《もんしょう》――ライトレス家の家紋《かもん》である。

そんな黒塗りの戦艦の甲板に立ち、アベル達の戦いの一部始終を見ていたのは、ブラウンの髪《かみ》の青年と、黒髪《くろかみ》の青年。後に【第二の魔王】と呼ばれるレイモンドと、同じく【影《かげ》狼《ろう》】と呼ばれるローファスだった。

ローファスは腕を組み、心底つまらなそうに呟《つぶや》く。

「あんな雑魚《ざこ》に勝った程度で、あの喜び様か。滑稽《こっけい》な話だ。よく見れば、貴様の婚約者《こんやくしゃ》様もいる様だな、レイモンド」

「……」

ローファスに話《はな》し掛けられたレイモンドは、無言で眉間《みけん》に皺《しわ》を寄せる。ローファスは鼻で笑う。

「ああ、すまない。元婚約者だったな。なんだ、まだ気にしているのか。忘れてしまえ、下民の猿《さる》にうつつを抜かす女など。世界の王となる貴様には相応《ふさわ》しくない」

「下民……そうだな。アベル……身《み》の程《ほど》知《し》らずの賤《いや》しい下民」

「だから気にするなと……」

「む。すまない、ローファス。少し気落ちしていた」

「……まあ良い。だが、父上から援護《えんご》してやれと言われて来たは良いが、これならば不要であったな。とんだ無駄足《むだあし》だ」

ローファスは下らなそうに吐《は》き捨てる。此度《こたび》の海魔ストラーフの討伐は、ライトレス領内の出来事。それ故に王家は、ライトレス家に援護要請《えんごようせい》を出していた。

ローファスは父であるライトレス家当主に駆り出され、戦場へ赴《おもむ》いていた。丁度一緒《いっしょ》に居たレイモンドも連れ立って。

眼前のストラーフ討伐に直接関わる事は無いが、ライトレス家の黒塗りの船団は、広範《こうはん》囲《い》に展開して乗船する暗黒騎士達《きしたち》が軟体類の魔物を狩《か》っている。

純粋《じゅんすい》な討伐数ならば、王国軍が派遣《はけん》した師団よりもライトレス家の船団の方が圧倒的に上。援護という役割自体は十二分に果たせていた。

ローファスは海上に頭部を露出させる海魔ストラーフを眺《なが》め、舌打ちをする。

「あの程度の図体《ずうたい》だけの雑魚ならば、我が暗黒騎士だけで事足りたな。王国軍め、手柄欲《てがらほ》しさに出しゃばりおって」

　ふむ、とレイモンドはストラーフを観察する。

「だが、内包する魔力は中々のものだ。少し惜《お》しかったな。王家に嗅《か》ぎつけられなければ契約していたのに。もしくは、あれの死体を君の使い魔にするのはどうだろうか？」

「いるかあんなもの。幾ら何でもでか過ぎる。使い勝手が悪いだろうが」

「そうかな？　大は小を兼《か》ねるとも……」

　レイモンドとローファスが話していると、突如として海面が盛り上がり、巨大なクラーケンが現れた。それは正しく、今し方アベル達が戦っていたものと同程度のもの。

　クラーケンは船を沈めんと、何本もの大木の如き触腕《しょくわん》を黒塗りの船に伸《の》ばす。レイモンドとローファスは、大して気にせずに話を続けた。それに船員の一人が声を上げる。

「ローファス様！　魔物です！　お逃《に》げ下さい！」

　直後、ローファスの影《かげ》から現れた巨大な暗黒の狼の頭が、伸びる触腕ごとクラーケンを丸呑《まるの》みにした。

　弾《はじ》けた海水が、雨の如く甲板に降り注ぐ。静まり返る周囲。話を遮《さえぎ》られたローファスは、冷酷《れいこく》な目で船員を見た。

「……おい、貴様。誰《だれ》の許しを得て、俺《おれ》とレイモンドの話を遮った？」

「い、いいえ、その……も、申し訳――」

船員の言葉は、それ以上続かなかった。ローファスの無詠唱《えいしょう》の暗黒球《ダークボール》により、首から上が吹《ふ》き飛ばされていた。頭部を失った船員の身体は、力無くその場に倒れ込む。

「そのゴミを片付けておけ」

ローファスの恐ろしく非道な言葉に、船員達は逆らう事が出来ずに震《ふる》えながら従う。レイモンドは呆《あき》れた様に言う。

「……配下は大事にしなよ、ローファス」

「余計なお世話だ」

ローファスは不機嫌《ふきげん》そうに眉を顰《ひそ》め、暗黒の外套を翻す。

「興を削《そ》がれた。帰還《きかん》しろ」

ローファスのその言葉で、ライトレス家の黒塗りの船団は撤退《てったい》を始める。

アベル達が【四魔獣】の一角を倒した英雄《えいゆう》として祭り上げられるのは、これより数日後の事である。

【あとがき】

注意：漫画「ワンピース」ワノ国編の一部ネタバレを含みます。

皆様、先ずは当小説を手に取って頂き、誠にありがとうございます。作者の黒川陽継と申します。早速ですが、皆様には所謂、推しキャラというものが居ますでしょうか。これは当小説のキャラクターの事ではなく、世に出ているアニメや漫画、小説を含めての事です。一言で言うと、自分が純粋に好きと言えるキャラクターでしょうか。

黒川は悪役モノを書いているだけあり、悪役にどうしようもない魅力を感じます。つまり黒川は、アンパンマンよりバイキンマン派という事です。

長年悪役界に君臨する大御所、バイキンマン氏と比べると年数は浅いかも知れませんが、黒川は数ある悪役の中でも「ワンピース」の「バジル・ホーキンス」が好きです。大好きです。最推しと言っても過言ではありません。作中を通して出番自体が多いとは言えませんが、彼の生き様に深い共感と感動を覚えました。己の占いの結果に従い、生き残る可能性が高い選択をし続けた彼は、最後には生存率一％の選択をしました。狡猾な現実主義者たる彼は、この一％の生存に賭けた訳ではありません。彼は明確に、未来の死と向き合いました。生存の為にプライドを捨て続け、敵の軍門に降ってでも生き続けていた彼が、最後にはプライドと義理を優先したのです。これまで培ってきた自身の生き方を捻じ曲げてでも。

黒川が「バジル・ホーキンス」というキャラクターを好きになったのは、彼の最後を見た時でした。「バジル・ホーキンス」は必要であれば敵の軍門にも降るし、人質だって平気で取ります。生き汚く卑怯で卑劣、そのように見られる方もおられると思います。目的の為ならば手段を選ばず、自身の生存の為に平気で他者を切り捨てる。少なくともこの時点では、彼はただの小物の悪役と言えます。最後の選択をした時、小心者の小悪党なキャラクターから、それでも義理堅い一面のある酷く人間味のあるキャラクターへと昇華したのです。その瞬間、私の中の「バジル・ホーキンス」が完成しました。終わりよければ何とやら。死によって完成した彼ですが、黒川は彼の生存を信じる者の一人です。だって生存率一％って言っていましたもん。０じゃないって事は、確定していないって事ですもん。いつの日か本編……は多分厳しそうなので、扉絵とかで実は生存していましたと登場するのを密かに待ち望む黒川でした。

さて、折角のあとがきを黒川の推しキャラ談義のみで終わらせると流石に編集さんに怒られそうなので、少しばかり当作品「リピート・ヴァイス」についてメタ的な視点でお話致します。先ずこの小説は、黒川の「好き」が詰め込まれた宝箱……もといパンドラの箱です。
　それこそ一貫終了時点の主人公「ローファス」君の姿を見れば、色々と察せられるというものです。呪い、オッドアイ、隻腕、膨大な魔力、暗黒……詰め込み過ぎって位属性が詰め込まれています。黒川の黒歴史ノートの最初のページにある僕の考えた最強キャラを思い起こし、軽く発作を起こしそうになる程です。ここで怖いのが、この「ローファス」というキャラクターは、当初はそのような状態になる予定では無かったのです。シナリオを作って書き進めているのは黒川ですし、そのように調整したのだろうと言われれば否定は出来ませんが……少なくとも、呪いとオッドアイ、隻腕に関しては、展開上そうなってしまったという偶然なのです。つまりこれは、過去に記憶の奥底に封印した黒歴史との邂逅。SAN値が削れるという感覚とはこういう事を言うのです。しかしこれは、己（作者）が始めた物語。敵は自分自身が作り出してしまった悲しきモンスター。無辜の怪物。と言うわけで、黒川の黒歴史の化身、悲しきモンスターこと「ローファス」君を今後ともどうぞご贔屓に。この本を手に取ってくれた「あなた」に感謝を。また会える日を楽しみにしています。

黒川陽継

HJ文庫 https://firecross.jp/
1149

リピート・ヴァイス 1
～悪役貴族は死にたくないので四天王になるのをやめました～

2024年3月1日 初版発行

著者――黒川陽継

発行者―松下大介
発行所―株式会社ホビージャパン

〒151-0053
東京都渋谷区代々木2-15-8
電話 03(5304)7604（編集）
03(5304)9112（営業）

印刷所――大日本印刷株式会社

装丁――内藤信吾（BELL'S GRAPHICS）／株式会社エストール

ISBN978-4-7986-3455-5 C0193